Friedrich Hebbel

Judith

Friedrich Hebbel

Judith

ISBN/EAN: 9783744648776

Hergestellt in Europa, USA, Kanada, Australien, Japan

Cover: Foto ©Andreas Hilbeck / pixelio.de

Weitere Bücher finden Sie auf **www.hansebooks.com**

FRIEDRICH HEBBEL
JUDITH
EINE TRAGÖDIE
IN 5 AKTEN

DIE VORLAGE DIESES DRUCKES WAR DIE ERSTE AUSGABE
DER JUDITH IN HAMBURG BEI HOFFMANN UND CAMPE 1841.
DIE ZEHN VOLLBILDER, DIE ZEHN VIGNETTEN UND DEN
EINBAND ZEICHNETE THOMAS THEODOR HEINE. DEN DRUCK
BESORGTEN POESCHEL & TREPTE IN LEIPZIG. IN 1000 EXEM-
PLAREN WURDE DER TEXT AUF VAN GELDERN, DIE BILDER
AUF KAISERLICH JAPAN ABGEZOGEN. 100 EXEMPLARE
WURDEN AUF KAISERLICH JAPAN-PAPIER GEDRUCKT,
NUMERIERT UND VOM KÜNSTLER SIGNIERT.

PERSONEN

JUDITH
HOLOFERNES
HAUPTLEUTE DES HOLOFERNES
KÄMMERER DES HOLOFERNES
GESANDTE VON LYBIEN
GESANDTE VON MESOPOTAMIEN
SOLDATEN UND TRABANTEN
MIRZA, DIE MAGD JUDITHS
EPHRAIM
DIE ÄLTESTEN VON BETHULIEN
PRIESTER IN BETHULIEN
BÜRGER IN BETHULIEN, darunter:
AMMON
HOSEA

BEN
ASSAD UND SEIN BRUDER
DANIEL, STUMM UND BLIND GOTT-
  BEGEISTERT
SAMAJA, ASSADS FREUND
JOSUA
DELIA, WEIB DES SAMAJA
ACHIOR, DER HAUPTMANN DER
  MOABITER
ASSYRISCHE PRIESTER
WEIBER, KINDER
SAMUEL, EIN URALTER GREIS, UND
  SEIN ENKEL

DIE HANDLUNG EREIGNET SICH VOR UND IN DER STADT BETHULIEN

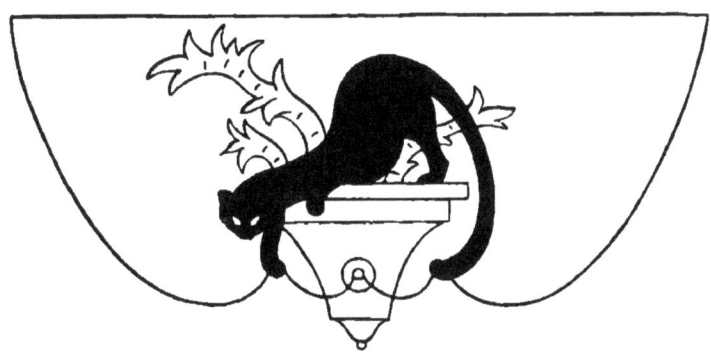

ERSTER AKT.

Das Lager des Holofernes. Vorn, zur rechten Hand, das Zelt des Feldhauptmanns. Zelte. Kriegsvolk und Getümmel. Den Hintergrund schließt ein Gebirge, worin eine Stadt sichtbar ist.

DER FELDHAUPTMANN HOLOFERNES tritt mit seinen Hauptleuten aus dem offnen Zelt hervor. Musik erschallt. Er macht nach einer Weile ein Zeichen.
Die Musik verstummt.

HOLOFERNES. Opfer!

OBERPRIESTER. Welchem Gott?

HOLOFERNES. Wem ward gestern geopfert?

OBERPRIESTER. Wir losten nach deinem Befehl, und das Los entschied für Baal.

HOLOFERNES. So ist Baal heut nicht hungrig. Bringt das Opfer Einem, den ihr alle kennt, und doch nicht kennt!

OBERPRIESTER (mit lauter Stimme). Holofernes befiehlt, daß wir einem Gott opfern sollen, den wir alle kennen und doch nicht kennen!

HOLOFERNES (lachend). Das ist der Gott, den ich am meisten verehre.
(Es wird geopfert.)

HOLOFERNES. Trabant!

TBABANT. Was gebietet Holofernes?

HOLOFERNES. Wer unter meinen Kriegern sich über seinen Hauptmann zu beschweren hat, der tret hervor. Verkünd es!

1

TRABANT (durch die Reihen der Soldaten gehend). Wer sich über seinen Hauptmann zu beschweren hat, der soll hervortreten. Holofernes will ihn hören.

EIN KRIEGER. Ich klage meinen Hauptmann an.

HOLOFERNES. Weshalb?

DER KRIEGER. Ich hatt mir im gestrigen Sturm eine Sklavin erbeutet, so schön, daß ich schüchtern vor ihr ward, und sie nicht anzurühren wagte. Der Hauptmann kommt gegen abend, da ich abwesend bin, in mein Zelt, er sieht das Mägdlein, und haut sie nieder, da sie sich ihm widersetzt.

HOLOFERNES. Der angeklagte Hauptmann ist des Todes! (zu einem Reisigen) Schnell. Aber auch der Kläger. Nimm ihn mit. Doch stirbt der Hauptmann zuerst.

DER KRIEGER. Du willst mich mit ihm töten lassen?

HOLOFERNES. Weil du mir zu keck bist. Um euch zu versuchen, ließ ich das Gebot ausgehen. Wollt ich deinesgleichen die Klage über eure Hauptleute gestatten: wer sicherte mich vor den Beschwerden der Hauptleute!

DER KRIEGER. Deinetwegen verschon ich das Mädchen; dir wollt ich sie zuführen.

HOLOFERNES. Wenn der Bettler eine Krone findet, so weiß er freilich, daß sie dem König gehört. Der König dankt ihm nicht lange, wenn er sie bringt. Doch ich will dir deinen guten Willen lohnen, denn ich bin heut morgen gnädig. Du magst dich in meinem besten Wein betrinken, bevor man dich tötet. Fort!

(Der Soldat wird von dem Reisigen abgeführt in den Hintergrund.)

HOLOFERNES (zu einem der Hauptleute). Laß die Kamele zäumen!

HAUPTMANN. Es ist bereits geschehen.

HOLOFERNES. Hatt ich's denn schon befohlen?

HAUPTMANN. Nein, aber ich durfte erwarten, daß du's gleich befehlen würdest.

HOLOFERNES. Wer bist du, daß du wagst, mir meine Gedanken aus dem Kopfe zu stehlen? Ich will es nicht, dies zudringliche, zu-

2

vorkommende Wesen. Mein Wille ist die Eins und Euer Tun die Zwei, nicht umgekehrt. Merk dir das!

HAUPTMANN. Verzeihung! (geht ab.)

HOLOFERNES (allein). Das ist die Kunst, sich nicht auslernen lassen, ewig ein Geheimnis zu bleiben! Das Wasser versteht diese Kunst nicht; man setzte dem Meer einen Damm und grub dem Fluß ein Bett. Das Feuer versteht sie auch nicht, es ist so weit heruntergekommen, daß die Küchenjungen seine Natur erforscht haben, und nun muß es jedem Lump den Kohl gar machen. Nicht einmal die Sonne versteht sie, man hat ihr ihre Bahnen abgelauscht, und Schuster und Schneider messen nach ihrem Schatten die Zeit ab. Aber ich versteh sie. Da lauern sie um mich herum und gucken in die Ritzen und Spalten meiner Seele hinein und suchen aus jedem Wort meines Mundes einen Dietrich für meine Herzenskammer zu schmieden. Doch mein Heute paßt nie zum Gestern, ich bin keiner von den Toren, die in feiger Eitelkeit vor sich selbst niederfallen und einen Tag immer zum Narren des andern machen, ich hacke den heutigen Holofernes lustig in Stücke und geb ihn dem Holofernes von Morgen zu essen; ich sehe im Leben nicht ein bloßes langweiliges Füttern, sondern ein stetes Um- und Wiedergebären des Daseins; ja es kommt mir unter all dem blöden Volk zuweilen vor, als ob ich allein da bin, als ob sie nur dadurch zum Gefühl ihrer selbst kommen können, daß ich ihnen Arm und Bein abhaue. Sie merken's auch mehr und mehr, aber statt nun näher zu mir heran zu treten und an mir hinauf zu klettern, ziehn sie sich armselig von mir zurück und fliehn mich, wie der Hase das Feuer, das ihm den Bart versengen könnte. Hätt ich doch nur einen Feind, nur einen, der mir gebenüber zu treten wagte! Ich wollt ihn küssen, ich wollte, wenn ich ihn nach heißem Kampf in den Staub geworfen hätte, mich auf ihn stürzen und mit ihm sterben! Nebukadnezar ist leider nichts als eine hochmütige Zahl, die sich dadurch die Zeit vertreibt, daß sie sich ewig mit sich selbst multipliziert. Wenn ich mich und Assyrien abziehe, so bleibt nichts übrig, als eine mit Fett ausgestopfte Menschenhaut. Ich will ihm

3

die Welt unterwerfen, und wenn er sie hat, will ich sie ihm wieder abnehmen!

EIN HAUPTMANN. Von unserm großen König trifft soeben ein Bote ein.

HOLOFERNES. Führe ihn augenblicklich zu mir. (für sich) Nacken, bist du noch gelenkig genug, dich zu beugen? Nebukadnezar sorgt dafür, daß du's nicht verlernest.

BOTE. Nebukadnezar, vor dem die Erde sich krümmt, und dem Macht und Herrschaft gegeben ist vom Aufgang bis zum Niedergang, entbietet seinem Feldhauptmann Holofernes den Gruß der Gewalt.

HOLOFERNES. In Demut harre ich seiner Befehle.

BOTE. Nebukadnezar will nicht, daß fernerhin andre Götter verehrt werden neben ihm.

HOLOFERNES (stolz). Wahrscheinlich hat er diesen Entschluß gefaßt, als er die Nachricht von meinen neuesten Siegen empfing.

BOTE. Nebukadnezar gebietet, daß man ihm allein opfern und die Altäre und Tempel der andern Götter mit Feuer und Flamme vertilgen soll.

HOLOFERNES. Einer, statt so vieler, das ist ja recht bequem! Niemand aber hat's bequemer, als der König selbst. Er nimmt seinen blanken Helm in die Hand und verrichtet seine Andacht vor seinem eigenen Bilde. Nur vor Bauchgrimmen muß er sich hüten, damit er nicht Gesichter schneide und sich selbst erschrecke. (laut) Nebukadnezar hat gewiß im letzten Monat kein Zahnweh mehr gehabt?

BOTE. Wir danken den Göttern dafür.

HOLOFERNES. Du willst sagen, ihm selbst.

BOTE. Nebukadnezar gebietet, daß man ihm jeden Morgen bei Sonnenaufgang ein Opfer darbringen soll.

HOLOFERNES. Heute ist's leider schon zu spät; wir wollen seiner bei Sonnenuntergang gedenken!

BOTE. Nebukadnezar gebietet endlich noch dir, Holofernes, daß du dich schonen und dein Leben nicht jedem Unfall preisgeben sollst.

4

HOLOFERNES. Ja, Freund, wenn die Schwerter ohne die Männer nur etwas Erkleckliches ausrichten könnten. Und dann — sieh, ich greife mein Leben durch nichts so sehr an, als durch Trinken auf des Königs Gesundheit, und das kann ich doch unmöglich einstellen.

BOTE. Nebukadnezar sagte, keiner seiner Diener könne dich ersetzen, und er habe noch viel für dich zu tun.

HOLOFERNES. Gut, ich werde mich selbst lieben, weil mein König es befiehlt. Ich küsse den Schemel seiner Füße.

(BOTE ab.)

HOLOFERNES. Trabant!

TRABANT. Was gebietet Holofernes?

HOLOFERNES. Es ist kein Gott außer Nebukadnezar. Verkünd es.

TRABANT (geht durch die Reihen der Soldaten). Es ist kein Gott außer Nebukadnezar.

(Ein Oberpriester geht vorüber.)

HOLOFERNES. Priester, du hast gehört, was ich ausrufen ließ?

PRIESTER. Ja.

HOLOFERNES. So gehe hin und zertrümmre den Baal, den wir mit uns schleppen. Ich schenke dir das Holz.

PRIESTER. Wie kann ich zertrümmern, was ich angebetet habe?

HOLOFERNES. Baal mag sich wehren. Eins von beidem: du zertrümmerst den Gott, oder du hängst dich auf.

PRIESTER. Ich zertrümmre. (für sich) Baal trägt goldene Armbänder.

HOLOFERNES (allein). Verflucht sei Nebukadnezar! Verflucht sei er, weil er einen großen Gedanken hatte, einen Gedanken, den er nicht zu Ehren bringen, den er nur verhunzen und lächerlich machen kann! Wohl fühlt ich's längst: die Menschheit hat nur den e i n e n großen Zweck, einen Gott aus sich zu gebären; und der Gott, den sie gebiert, wie will er zeigen, daß er's ist, als dadurch, daß er sich ihr zum ewigen Kampfe gegenüberstellt, daß er all die törichten Regungen des Mitleids, des Schauderns vor sich selbst, des Zurückschwindelns vor seiner ungeheuren Aufgabe unterdrückt, daß er sie zu Staub zermalmt, und ihr noch in der Todesstunde den Jubelruf abzwingt? — Nebukad-

5

nezar weiß sich's leichter zu machen. Der Ausrufer muß ihn zum Gott stempeln, und ich soll der Welt den Beweis liefern, daß er's sei!
(Der Oberpriester geht vorüber.)

HOLOFERNES. Ist Baal zertrümmert?

PRIESTER. Er lodert in Flammen; mög er's vergeben.

HOLOFERNES. Es ist kein Gott, als Nebukadnezar. Dir befehl ich, die Gründe dafür aufzufinden. Jeden Grund bezahl ich mit einer Unze Goldes und drei Tage hast du Zeit.

PRIESTER. Ich hoffe, dem Befehl zu genügen (ab).

EIN HAUPTMANN. Gesandte eines Königs bitten um Gehör.

HOLOFERNES. Welches Königs?

HAUPTMANN. Verzeih. Man kann die Namen all der Könige, die sich vor dir demütigen, unmöglich behalten.

HOLOFERNES (wirft ihm eine goldene Kette zu). Die erste Unmöglichkeit, die mir gefällt. Führe sie vor.

GESANDTE (werfen sich zu Boden). So wird der König von Lybien sich vor dir in den Staub werfen, wenn du ihm die Gnade erzeigst, in seiner Hauptstadt einzuziehn.

HOLOFERNES. Warum kamt ihr nicht schon gestern, warum nicht vorgestern?

GESANDTE. Herr!

HOLOFERNES. War die Entfernung zu groß, oder die Ehrfurcht zu klein?

GESANDTE. Weh uns!

HOLOFERNES (für sich). Grimm füllt meine Seele, Grimm gegen Nebukadnezar. Ich muß schon gnädig sein, damit dies Wurmgeschlecht sich nicht überhebt und sich für den Quell meines Grimmes hält. (laut) Stehet auf und sagt eurem König —

HAUPTMANN (tritt auf). Gesandte von Mesopotamien!

HOLOFERNES. Führe sie herein.

MESOPOTAMISCHE GESANDTE (werfen sich zur Erde). Mesopotamien bietet dem großen Holofernes Unterwerfung, wenn es dadurch seine Gnade erlangen kann.

6

HOLOFERNES. Meine Gnade verschenk ich, ich verkauf sie nicht.
MESOPOTAMISCHER GESANDTER. Nicht so. Mesopotamien unterwirft sich unter jeder Bedingung, es hofft bloß auf Gnade.
HOLOFERNES. Ich weiß nicht, ob ich diese Hoffnung erfüllen darf. Ihr habt lange gezögert.
MESOPOTAMISCHER GESANDTER. Nicht länger, als es der weite Weg mit sich brachte.
HOLOFERNES. Einerlei. Ich habe geschworen, daß ich das Volk, welches sich zuletzt vor mir demütigen würde, vertilgen will. Ich muß den Schwur halten.
MESOPOTAMISCHER GESANDTER. Wir sind die letzten nicht. Unterwegs hörten wir, daß die Ebräer, unter allen die einzigen, dir trotzen wollen und sich verschanzt haben.
HOLOFERNES. Dann bringt eurem König die Botschaft, daß ich die Unterwerfung annehme. Auf welche Bedingungen: das wird er durch denjenigen meiner Hauptleute erfahren, den ich wegen der Erfüllung an ihn absenden werde. (zu den Lybischen Gesandten) Sagt eurem König dasselbe. (zu den Mesopotamischen Gesandten) Wer sind die Ebräer?
MESOPOTAMISCHER GESANDTER. Herr, dies ist ein Volk von Wahnsinnigen. Du siehst es schon daraus, daß sie sich dir zu widersetzen wagen. Noch mehr magst du es daran erkennen, daß sie einen Gott anbeten, den sie nicht sehen, noch hören können, von dem niemand weiß, wo er wohnt, und dem sie doch Opfer bringen, als ob er wild und drohend, wie unsre Götter, vom Altar auf sie herabschaute. Sie wohnen im Gebirge.
HOLOFERNES. Welche Städte haben sie, was vermögen sie, welcher König herrscht über sie, wieviel Kriegsvolk steht ihm zu Gebot?
MESOPOTAMISCHER GESANDTER. Herr, dies Volk ist versteckt und mißtrauisch. Wir wissen von ihnen nicht viel mehr, wie sie selbst von ihrem unsichtbaren Gott wissen. Sie scheuen die Berührung mit fremden Völkern. Sie essen und trinken nicht mit uns, höchstens schlagen sie sich mit uns.

HOLOFERNES. Wozu redest du, wenn du meine Frage nicht beantworten kannst? (macht ein Zeichen mit der Hand; die Gesandten, unter Kniebeugung und Niederfallen, gehen ab) Die Hauptleute der Moabiter und Ammoniter sollen vor mir erscheinen. (Trabant ab) Ich achte ein Volk, das mir Widerstand leisten will. Schade, daß ich alles, was ich achte, vernichten muß.

(Die Hauptleute treten auf, unter ihnen Achior.)

HOLOFERNES. Was ist das für ein Volk, das im Gebirge wohnt?

ACHIOR. Herr, ich kenn es wohl, dies Volk, und ich will dir sagen, wie es damit bestellt ist. Dies Volk ist verächtlich, wenn es auszieht mit Spießen und Schwertern, die Waffen sind eitel Spielwerk in seiner Hand, das sein eigener Gott zerbricht, denn er will nicht, daß es kämpfen und sich mit Blut beflecken soll, er allein will seine Feinde vernichten; aber furchtbar ist dies Volk, wenn es sich demütigt vor seinem Gott, wie er es verlangt! wenn es sich auf die Knie wirft, und sich das Haupt mit Asche bestreut, wenn es Wehklagen ausstößt und sich selbst verflucht; dann ist es, als ob die Welt eine andere wird, als ob die Natur ihre eigenen Gesetze vergißt, das Unmögliche wird wirklich, das Meer teilt sich, also, daß die Gewässer fest auf beiden Seiten stehen, wie Mauern, zwischen denen eine Straße sich hinzieht, vom Himmel fällt Brot herab und aus dem Wüstensand quillt ein frischer Trunk!

HOLOFERNES. Wie heißt ihr Gott?

ACHIOR. Sie halten es für Raub an ihm, seinen Namen auszusprechen, und würden den Fremden, der dies tun wollte, gewiß töten.

HOLOFERNES. Was haben sie für Städte?

ACHIOR (deutet auf die Stadt im Gebirge). Bethulien heißt die Stadt, die uns zunächst liegt und die du dort siehst. Diese haben sie verschanzt. Ihre Hauptstadt aber heißt Jerusalem. Ich war dort und sah den Tempel ihres Gottes. Er hat auf Erden seinesgleichen nicht. Mir war's, wie ich bewundernd vor ihm stand, als ob sich mir etwas auf den Nacken legte und mich zu Boden drückte; ich lag mit einmal auf den Knieen, und wußte selbst nicht, wie das kam. Fast hätten sie mich gesteinigt, denn als ich mich wieder erhob, fühlt ich einen unwiderstehlichen Drang, in das Heiligtum einzutreten, und darauf steht der Tod. — Ein schönes Mädchen vertrat mir den Weg und sagte mir das; ich weiß nicht, war's aus Mitleid mit meiner Jugend, oder aus Furcht vor der Verunreinigung des Tempels durch einen Heiden. Nun höre auf mich, o Herr, und achte meine Worte nicht gering. Laß forschen, ob dies Volk sich versündigt hat wider seinen Gott; ist das, so laß uns hinaufziehn, dann gibt ihr Gott sie dir gewiß in die Hände und du wirst sie leicht unter deine Füße bringen. Haben sie sich aber nicht versündigt wider ihren Gott, so kehre um; denn ihr Gott wird sie beschirmen und wir werden zum Spott dem ganzen Lande. Du bist ein gewaltiger Held, aber ihr Gott ist zu mächtig; kann er dir niemand entgegenstellen, der dir gleicht, so kann er dich zwingen, daß du dich wider dich selbst empörst und dich mit eigener Hand aus dem Wege räumst.

HOLOFERNES. Weissagest du mir aus Furcht, oder Arglist des Herzens? Ich könnte dich strafen, weil du dich erfrechst, neben mir noch einen andern zu fürchten. Aber ich will's nicht tun, du sollst dir selbst zum Gericht gesprochen haben. Was die Ebräer er-wartet, das erwartet auch dich! Ergreift ihn und führt ihn ungefährdet hin! (es geschieht) Und wer ihn bei Einnahme der Stadt niedermacht und mir sein Haupt bringt, dem wäg ich's auf mit Gold! (mit erhobener Stimme) Nun auf gen Bethulien!

(Der Zug setzt sich in Bewegung.)

9

ZWEITER AKT.

(Gemach der Judith. Judith und Mirza am Webstuhl.)

JUDITH. Was sagst du zu diesem Traum?

MIRZA. Ach, höre lieber auf das, was ich dir sagte.

JUDITH. Ich ging und ging und mir war's ganz eilig, und doch wußt ich's nicht, wohin mich's trieb. Zuweilen stand ich still und sann nach, dann war's mir, als ob ich eine große Sünde beginge; fort, fort! sagt ich zu mir selbst und ging schneller wie zuvor.

MIRZA. Eben ging Ephraim vorbei. Er war ganz traurig.

JUDITH (ohne auf sie zu hören). Plötzlich stand ich auf einem hohen Berg, mir schwindelte, dann ward ich stolz, die Sonne war mir so nah, ich nickte ihr zu und sah immer hinauf. Mit einmal bemerkt ich einen Abgrund zu meinen Füßen, wenige Schritte von mir, dunkel, unabsehlich, voll Rauch und Qualm. Und ich vermochte nicht zurückzugehen, noch still zu stehen, ich taumelte vorwärts; Gott! Gott! rief ich in meiner Angst, — hier bin ich! tönte es aus dem Abgrund herauf, freundlich, süß; ich sprang, weiche Arme fingen mich auf, ich glaubte, einem an der Brust zu ruhen, den ich nicht sah, und mir ward unsäglich wohl, aber ich war zu schwer, er konnte mich nicht halten, ich sank, sank, ich hört ihn weinen, und wie glühende Tränen träufelte es auf meine Wange. —

MIRZA. Ich kenne einen Traumdeuter. Soll ich ihn zu dir rufen?

JUDITH. Leider ist's gegen das Gesetz. Aber das weiß ich, solche

Träume soll man nicht gering achten! Sieh, ich denke mir das so. Wenn der Mensch im Schlaf liegt, aufgelöst, nicht mehr zusammengehalten durch das Bewußtsein seiner selbst, dann verdrängt ein Gefühl der Zukunft alle Gedanken und Bilder der Gegenwart, und die Dinge, die kommen sollen, gleiten als Schatten durch die Seele, vorbereitend, warnend, tröstend. Daher kommt's, daß uns so selten oder nie etwas wahrhaft überrascht, daß wir auf das Gute schon lange vorher so zuversichtlich hoffen und vor jedem Übel unwillkürlich zittern. Oft hab ich gedacht, ob der Mensch wohl auch noch kurz vor seinem Tode träumt.

MIRZA. Warum hörst du nie, wenn ich dir von Ephraim spreche?

JUDITH. Weil mich's vor Männern schaudert.

MIRZA. Und hast doch einen Mann gehabt?

JUDITH. Ich muß dir ein Geheimnis anvertrauen. Mein Mann war wahnsinnig.

MIRZA. Unmöglich. Wie wäre mir das entgangen?

JUDITH. Er war es, ich muß es so nennen, wenn ich nicht vor mir selbst erschrecken, wenn ich nicht glauben soll, daß ich ein grauenhaftes, fürchterliches Wesen bin. Sieh, keine vierzehn Jahr war ich alt, da ward dem Manasses zugeführt. Du wirst des Abends noch gedenken, du folgtest mir. Mit jedem Schritt, den ich tat, ward mir beklommener, bald meint ich, ich sollte aufhören zu leben, bald, ich sollte erst anfangen. Ach, und der Abend war so lockend, so verführerisch, man konnt ihm nicht widerstehen; der warme Wind hob meinen Schleier, als wollt er sagen: nun ist's Zeit; aber ich hielt ihn fest, denn ich fühlte, wie mein Gesicht glühte, und ich schämte mich dessen. Mein Vater ging an meiner Seite, er war sehr ernsthaft und sprach manches, worauf ich nicht hörte, zuweilen schaut ich zu ihm auf, dann dacht ich: Manasses sieht gewiß anders aus. Hast du denn all das nicht bemerkt? Du warst ja auch dabei.

MIRZA. Ich schämte mich mit dir.

JUDITH. Endlich kam ich in sein Haus, und seine alte Mutter trat mir mit einem feierlichen Gesicht entgegen. Es kostete mir Überwindung, sie Mutter zu nennen; ich glaubte, meine Mutter müsse das in ihrem Grabe fühlen und es müsse ihr weh tun. Dann salbtest du mich mit Narden und Öl, da hatt ich doch wahrlich eine Empfindung, als wäre ich tot und würde als Tote gesalbt; du sagtest auch, ich würde bleich. Nun kam Manasses, und als er mich anschaute, erst schüchtern, dann dreist und immer dreister, als er zuletzt meine Hand faßte und etwas sagen wollte und nicht konnte, da war mir's ganz so, als ob ich in Brand gesteckt würde, als ob es lichterloh aus mir herausflammte. Verzeih, daß ich dies sage.

MIRZA. Du preßtest dein Gesicht erst einige Augenblicke in deine Hände, dann sprangst du schnell auf und fielst ihm um den Hals. Ich erschrak ordentlich.

JUDITH. Ich sah es und lachte dich aus, ich dünkte mich mit einmal viel klüger als du. Nun höre weiter, Mirza. Wir gingen in die Kammer hinein; die Alte tat allerlei seltsame Dinge und sprach etwas, wie einen Segen; mir ward doch wieder schwer und ängstlich, als ich mich mit Manasses allein befand. Drei Lichter brannten, er wollte sie auslöschen; laß, laß, sagte ich bittend; Närrin! sagte er, und wollte mich fassen — da ging eins der Lichter aus, wir bemerktens kaum; er küßte mich — da erlosch das zweite. Er schauderte und ich nach ihm, dann lacht er und sprach: das dritte lösch ich selbst; schnell, schnell, sagte ich, denn es überlief mich kalt; er tat's. Der Mond schien hell in die Kammer, ich schlüpfte ins Bett, er schien mir gerade ins Gesicht. Manasses rief: ich sehe dich so deutlich wie am Tage, und kam auf mich zu. Auf einmal blieb er stehen; es war, als ob die schwarze Erde eine Hand ausgestreckt und ihn von unten damit gepackt hätte. Mir ward's unheimlich; komm, komm! rief ich, und schämte mich gar nicht, daß ich's tat. Ich kann ja nicht, antwortete er dumpf und bleiern, ich kann nicht! wiederholte er noch einmal und starrte schrecklich mit weit aufgerissenen Augen zu mir herüber, dann schwankte er zum Fenster und sagte wohl zehnmal hintereinander: ich kann nicht! Er schien nicht mich, er schien etwas Fremdes, Entsetzliches, zu sehen.

12

MIRZA. Unglückliche!

JUDITH. Ich fing an, heftig zu weinen, ich kam mir verunreinigt vor, ich haßte und verabscheute mich. Er gab mir liebe, liebe Worte, ich streckte die Arme nach ihm aus, aber statt zu kommen, begann er leise zu beten. Mein Herz hörte auf zu schlagen, mir war, als ob ich einfröre in meinem Blut; ich wühlte mich in mich selbst hinein, wie in etwas Fremdes, und als ich mich zuletzt nach und nach in Schlaf verlor, hatt ich ein Gefühl, als ob ich erwachte. Am andern Morgen stand Manasses vor meinem Bett, er sah mich mit unendlichem Mitleid an, mir ward's schwer, ich hätte ersticken mögen; da war's, als ob etwas in mir riß, ich brach in ein wildes Gelächter aus und konnte wieder atmen. Seine Mutter blickte finster und spöttisch auf mich, ich merkte, daß sie gelauscht hatte, sie sagte kein Wort zu mir und trat flüsternd mit ihrem Sohn in eine Ecke. Pfui! rief er auf einmal laut und zornig, Judith ist ein Engel! setzte er hinzu und wollte mich küssen, ich weigerte ihm meinen Mund, er nickte sonderbar mit dem Kopf, es schien ihm recht zu sein. (nach einer langen Pause) Sechs Monate war ich sein Weib — er hat mich nie berührt.

MIRZA. Und —?

JUDITH. Wir gingen so eins neben dem andern hin, wir fühlten, daß wir zueinander gehörten, aber es war, als ob etwas zwischen uns stände, etwas Dunkles, Unbekanntes. Zuweilen ruhte sein Auge mit einem Ausdruck auf mir, der mich schaudern machte; ich hätte ihn in einem solchen Moment erwürgen können, aus Angst, aus Notwehr, sein Blick bohrte, wie ein Giftpfeil, in mich hinein. Du weißt, es war vor drei Jahren in der Gerstenernte, da kam er krank vom Felde zurück und lag nach drittehalb Tagen im Sterben. Mir war's, als wollt er sich mit einem Raub an meinem Innersten davonschleichen, ich haßte ihn, seiner Krankheit wegen, mir schien's, als ob er mich mit seinem Tode wie mit einem Frevel bedrohte. Er darf nicht sterben — rief's in meiner Brust — er darf sein Geheimnis nicht mit ins Grab hinunternehmen, du mußt Mut fassen und ihn endlich fragen. Manasses — sprach ich und beugte mich über ihn — was war das in unsrer Hochzeitsnacht? — Sein dunkles Auge war schon zugefallen, er schlug es mühsam wieder auf, ich schauderte, denn er schien sich aus seinem Leibe, wie aus einem Sarge, zu erheben. Er sah mich lange an, dann sagte er: ja, ja, ja, jetzt darf ich's dir sagen, du — —. Aber schnell, als ob ich's nimmermehr wissen dürfte, trat der Tod zwischen mich und ihn, und verschloß seinen Mund auf ewig. (nach einem großen Stillschweigen) Sag, Mirza, muß ich nicht selbst wahnsinnig werden, wenn ich aufhöre, Manasses für wahnsinnig zu halten?

MIRZA. Ich schaudere.

JUDITH. Du hast oft gesehen, daß ich manchmal, wenn ich still am Webstuhl oder bei sonst einer Arbeit zu sitzen scheine, plötzlich ganz zusammenfalle und zu beten anfange. Man hat mich deswegen fromm und gottesfürchtig genannt. Ich sage dir, Mirza, wenn ich das tue, so geschieht's, weil ich mich vor meinen Gedanken nicht mehr zu retten weiß. Mein Gebet ist dann ein Untertauchen in Gott, es ist nur eine andere Art von Selbstmord, ich springe in den Ewigen hinein, wie Verzweifelnde in ein tiefes Wasser — —.

MIRZA (mit Gewalt ablenkend). Du solltest lieber in solchen Augenblicken vor einen Spiegel treten. Vor dem Glanz deiner Jugend und Schönheit würden die Nachtgespenster scheu und geblendet entweichen.

JUDITH. Ha, Törin, kennst du die Frucht, die sich selber essen kann? Du wärest besser nicht jung und nicht schön, wenn du es für dich allein sein mußt. Ein Weib ist ein Nichts; nur durch den Mann kann sie etwas werden; sie kann Mutter durch ihn werden. Das Kind, das sie gebiert, ist der einzige Dank, den sie der Natur für ihr Dasein darbringen kann. Unselig sind die Unfruchtbaren, doppelt unselig bin ich, die ich nicht Jungfrau bin und auch nicht Weib!

MIRZA. Wer verbietet's dir, auch für andere, auch für einen geliebten Mann jung und schön zu sein? Hast du nicht unter den Edelsten die Wahl?

14

JUDITH (sehr ernst). Du hast mich in nichts verstanden. Meine Schönheit ist die der Tollkirsche; ihr Genuß bringt Wahnsinn und Tod!

EPHRAIM (tritt hastig herein). Ha, ihr seid so ruhig, und Holofernes steht vor der Stadt!

MIRZA. So sei Gott uns gnädig.

EPHRAIM. Wahrlich, Judith, wenn du gesehen hättest, was ich sah, du würdest zittern. Man möchte schwören, alles, was Furcht und Schrecken einflößen kann, sei im Solde des Heiden. Diese Menge von Kamelen und Rossen, von Wagen und Mauerbrechern! Ein Glück, daß Wälle und Tore keine Augen haben! Sie würden vor Angst einstürzen, wenn sie all den Greuel erblicken könnten!

JUDITH. Ich glaube, du sahest mehr wie andere.

EPHRAIM. Ich sage dir, Judith, es gibt keinen in ganz Bethulien, der jetzt nicht aussieht, als ob er das Fieber hätte. Du scheinst wenig vom Holofernes zu wissen, ich weiß um so mehr von ihm. Jedes Wort aus seinem Munde ist ein reißendes Tier. Wenn es des Abends dunkel wird — —.

JUDITH. So läßt er Lichter anzünden.

EPHRAIM. Das tun wir, ich und du! Er läßt Dörfer und Städte in Brand stecken und sagt: dies sind meine Fackeln! ich habe sie billiger, wie andere. Und er meint sehr gnädig zu sein, wenn er bei der Glut einer und derselben Stadt sein Schwert putzen und seinen Braten schmoren läßt. Als er Bethulien erblickte, soll er gelacht und seinen Koch spöttisch gefragt haben: Meinst du, daß du ein Straußenei dabei rösten kannst?

JUDITH. Ich möcht ihn sehen! (für sich) Was sag ich da!

EPHRAIM. Wehe dir, wenn du von ihm gesehen würdest! Holofernes tötet die Weiber durch Küsse und Umarmungen, wie die Männer durch Spieß und Schwert. Hätte er dich in den Mauern der Stadt gewußt: deinetwegen allein wäre er gekommen!

JUDITH (lächelnd). Möcht es so sein! Dann braucht ich ja nur zu ihm hinaus zu gehen, und Stadt und Land wäre gerettet!

EPHRAIM. Du allein hast das Recht, diesen Gedanken auszudenken.

15

JUDITH. Und warum nicht? Eine für alle, und eine, die sich immer umsonst fragte: wozu bist du da? Ha, und wenn er nicht meinetwegen kam, wär er nicht dahin zu bringen, daß er meinetwegen gekommen zu sein glaubte? Ragt der Riese mit seinem Haupt so hoch in die Wolken hinein, daß ihr ihn nicht erreichen könnt, ei, so werft ihm einen Edelstein vor die Füße; er wird sich bücken, um ihn aufzuheben, und dann überwältigt ihr ihn leicht.

EPHRAIM (für sich). Mein Plan war einfältig. Was ihr Angst einjagen und sie mir in die Arme treiben sollte, macht sie kühn. Ich komme mir wie gerichtet vor, wenn ich ihr ins Auge schaue. Ich hoffte, sie sollte in dieser allgemeinen Not sich nach einem Beschützer umsehen, und wer war ihr näher, wie ich. (laut) Judith, du bist so mutig, daß du aufhörst, schön zu sein.

JUDITH. Wenn du ein Mann bist, so darfst du mir das sagen!

EPHRAIM. Ich bin ein Mann und darf dir mehr sagen. Sieh, Judith, es kommen schlimme Zeiten, Zeiten, in denen niemand sicher ist, als die in den Gräbern wohnen. Wie willst du sie bestehen, die du nicht Vater, nicht Bruder, nicht Gatten hast?

JUDITH. Du willst doch den Holofernes nicht zu deinem Freiwerber machen?

EPHRAIM. Spotte nur, aber höre. Ich weiß, daß du mich verschmähst, und hätte sich die Welt um uns her nicht so drohend verändert, ich wäre dir nicht wieder unter die Augen getreten. Siehst du dies Messer?

JUDITH. Es ist so blank, daß ich mein eigenes Bild darin erblicken kann.

EPHRAIM. Ich schliff es den Tag, an dem du mich hohnlachend von dir stießest, und wahrlich, stünden jetzt die Assyrier nicht vor dem Tor, so stäche es schon in meiner Brust! Dann hättest du es nicht als Spiegel gebrauchen können, denn mein Blut würde es rostig gemacht haben!

JUDITH. Gib her. (Sie sticht nach seiner Hand, die er zurückzieht) Pfui! Du wagst von Selbstmord zu reden, und zitterst vor einem Stich in die Hand.

EPHRAIM. Du stehst vor mir, ich sehe dich, ich höre dich, jetzt lieb ich mich selbst, denn ich fühle mich nicht mehr, ich bin voll von dir! So etwas gelingt nur in finstrer Nacht, wo im Herzen nichts mehr wacht, als der Schmerz, wo der Tod die Seele zusammendrückt, wie der Schlaf die Augen, und wo man nur willenlos auszuführen glaubt, was eine unsichtbare Macht gebietet. O, ich kenn's, denn ich war so weit, daß ich selbst nicht weiß, warum ich nicht weiter ging! Das hat mit Mut und Feigheit nichts zu tun, es ist wie ein Abriegeln der Tür, wenn man schlafen will!

JUDITH (reicht ihm die Hand).

EPHRAIM. Judith, ich liebe dich, du liebst mich nicht. Du kannst für das eine nicht, ich kann nicht für das andere. Aber weißt du, was das heißt, zu lieben und verschmäht zu werden? Das ist nicht wie sonst ein Leid. Nimmt man mir heute etwas, so lern ich morgen, daß ich's entbehren kann. Schlägt man mir eine Wunde, so hab ich Gelegenheit, mich im Heilen zu versuchen. Aber, behandelt man meine Liebe wie eine Torheit, so macht man das Heiligste in meiner Brust zur Lüge. Denn, wenn das Gefühl, was mich zu dir hinzieht, mich betrügt, welche Bürgschaft hab ich, daß das, was mich vor Gott darnieder wirft, Wahrheit ist?

MIRZA. Fühlst du's nicht, Judith?

JUDITH. Kann Liebe Pflicht sein? Muß ich diesem meine Hand reichen, damit er seinen Dolch fallen läßt? Fast glaub ich's!

EPHRAIM. Judith, ich werb noch einmal um dich! Das heißt, ich werb um die Erlaubnis, für dich zu sterben. Ich will nichts als der Schild sein, an dem die Schwerter, die dich bedrohen, sich stumpf hacken.

JUDITH. Ist dies derselbe Mensch, den ein Blick auf das Lager der Feinde entseelt zu haben schien? Der mir vorkam wie einer, dem ich einen von meinen Röcken borgen müsse? Sein Auge flammt, seine Faust ballt sich! O Gott, ich achte so gern, mir ist, als schnitt ich in mein eignes Fleisch hinein, wenn ich jemanden verachten muß! Ephraim, ich habe dir wehe getan! Es schmerzt mich! Ich wollte aufhören, in deinen Augen liebenswert zu sein, denn ich konnte dir nichts gewähren, darum spottete ich dein. Ich will dich belohnen, ich kann's! Aber weh dir, wenn du mich jetzt nicht verstehst, wenn, so wie ich das Wort ausspreche, die Tat nicht, gebietend, wie die Notwendigkeit selbst, vor deine Seele hintritt, wenn dir's nicht ist, als lebtest du nur, um sie zu vollbringen. Geh hin und töte den Holofernes! Dann — dann fordere von mir den Lohn, den du willst!

EPHRAIM. Du rasest! Den Holofernes töten in der Mitte der Seinen? wie wär's möglich!

JUDITH. Wie es möglich ist? Weiß ich's? Dann tät ich's selbst! ich weiß nur, daß es nötig ist.

EPHRAIM. Ich sah ihn nie, aber ich seh ihn.

JUDITH. Ich auch, mit dem Antlitz, das ganz Auge ist, gebietendes Auge, und mit dem Fuß, vor dem die Erde, die er tritt, zurück zu beben scheint. Aber, es gab eine Zeit, wo er nicht war, darum kann eine kommen, wo er nicht mehr sein wird!

EPHRAIM. Gib ihm den Donner und nimm ihm sein Heer, und ich wag's, aber jetzt —

JUDITH. Wolle nur! Und aus den Tiefen des Abgrunds herauf und von der Veste des Himmels herunter rufst du die heiligen, schützenden Kräfte, und sie segnen und schirmen dein Werk, wenn nicht dich! Denn du willst, was alles will; worüber die Gottheit brütet in ihrem ersten Zorn, und worüber die Natur, die vor der Riesengeburt ihres eigenen Schoßes zittert und die den zweiten Mann nicht erschaffen wird, oder nur darum, damit er den ersten vertilge, knirschend sinnt in qualvollem Traum!

EPHRAIM. Nur weil du mich hassest, weil du mich töten willst, forderst du das Undenkbare.

JUDITH (glühend). Ich hab dir recht getan! Was? solch ein Gedanke begeistert dich nicht? Er berauscht dich nicht einmal? Ich, die du liebst, ich, die ich dich über dich selbst erhöhen wollte, um dich wieder lieben zu können, ich leg ihn dir in die Seele, und er ist dir nichts als eine Last, die dich nur tiefer in den Staub drückt?

Sieh, wenn du ihn mit Jauchzen empfangen, wenn du stürmisch nach einem Schwert gegriffen, und dir nicht einmal zum flüchtigen Lebewohl die Zeit genommen hättest, dann, o, das fühl ich, dann hätt ich mich dir weinend in den Weg geworfen, ich hätte dir die Gefahr ausgemalt mit der Angst eines Herzens, das für sein Geliebtestes zittert, ich hätte dich zurückgehalten oder wäre dir gefolgt. Jetzt — ha! ich bin mehr, als gerechtfertigt; deine Liebe ist die Strafe deiner armseligen Natur, sie ward dir zum Fluch, damit sie dich verzehre; ich würde mir zürnen, wenn ich mich auch nur auf einer Regung des Mitleids mit dir ertappte. Ich begreife dich ganz, ich begreife sogar, daß das Höchste dir sein muß wie das Gemeinste, daß du lächeln mußt, wenn ich bete!

EPHRAIM. Verachte mich! Aber erst zeig mir den, der das Unmögliche möglich macht!

JUDITH. Ich werd ihn dir zeigen! Er wird kommen! Er muß ja kommen! Und ist deine Feigheit die deines ganzen Geschlechts, sehen alle Männer in der Gefahr nichts, als die Warnung, sie zu vermeiden, — dann hat ein Weib das Recht erlangt auf eine große Tat, dann — ha, ich hab sie von dir gefordert, ich muß beweisen, daß sie möglich ist!

DRITTER AKT.

Gemach der Judith.

JUDITH (in schlechten Kleidern, mit Asche bestreut, sitzt zusammengekauert da).
MIRZA (tritt ein und betrachtet sie). So sitzt sie nun schon drei Tage und drei Nächte. Sie ißt nicht, sie trinkt nicht, sie spricht nicht. Sie seufzt und wehklagt nicht einmal. „Das Haus brennt!" schrie ich ihr gestern Abend zu und stellte mich, als hätt ich den Kopf verloren. Sie veränderte keine Miene und blieb sitzen. Ich glaube, sie will, daß man sie in einen Sarg packt, den Deckel über sie nageln und sie forttragen soll. Sie hört alles, was ich hier rede, und doch sagt sie nichts dazu. Judith, soll ich den Totengräber bestellen?
JUDITH (winkt ihr mit der Hand, fortzugehen).
MIRZA. Ich gehe, aber nur um gleich wiederzukommen. Ich vergesse den Feind und alle Not über dich. Wenn einer den Bogen auf mich anlegte, ich würd's nicht bemerken, so lange ich dich dort lebendig-tot sitzen sehe. Erst hattest du soviel Mut, daß die Männer sich schämten, und nun — Ephraim hatte recht; er sagte: sie fordert sich selbst heraus, um ihre Furcht zu vergessen. (Ab.)
JUDITH (stürzt auf die Knie). Gott, Gott! Mir ist, als müßt ich dich am Zipfel fassen, wie einen, der mich auf ewig zu verlassen droht! Ich wollte nicht beten, aber ich muß beten, wie ich Odem schöpfen muß, wenn ich nicht ersticken soll! Gott! Gott! Warum neigst du dich nicht auf mich herab? Ich bin ja zu schwach, um zu dir empor-

20

zuklimmen! Sieh, hier lieg ich, wie außer der Welt und außer der Zeit; ich harre mit Angst eines Winkes von dir, der mich aufstehn und handeln heißt! Mit Frohlocken sah ich's, als die Gefahr uns nahe trat, denn mir war sie nichts als ein Zeichen, daß du dich unter deinen Auserwählten verherrlichen wollest. Mit schaudernder Wonne erkannt ich, daß das, was mich erhob, alle andern zu Boden warf, denn mir kam es vor, als ob dein Finger gnadenvoll auf mich deutete, als ob dein Triumph von mir ausgehen solle! Mit Entzücken sah ich's, daß jener, dem ich das große Werk abtreten wollte, um in Demut das höchste Opfer zu bringen, sich davor feig und zitternd wie ein Wurm in dem Schlamm seiner Armseligkeit verkroch. „Du bist's, du bist's!" rief ich mir zu, und warf mich vor dir nieder und schwur mir mit einem teuren Eid, niemals wieder aufzustehen, oder erst dann, wenn du mir den Weg gezeigt, der zum Herzen des Holofernes führt. Ich lauschte in mich selbst hinein, weil ich glaubte, ein Blitz der Vernichtung müsse aus meiner Seele hervorspringen; ich horchte in die Welt hinaus, weil ich dachte: ein Held hat dich überflüssig gemacht; aber in mir und außer mir bleibt's dunkel. Nur ein Gedanke kam mir, nur einer, mit dem ich spielte und der immer wiederkehrt; doch, der kam nicht von dir. Oder kam er von dir? — (Sie springt auf) Er kam von dir! Der Weg zu meiner Tat geht durch die Sünde! Dank, Dank dir, Herr! Du machst mein Auge hell. Vor dir wird das Unreine rein; wenn du zwischen mich und meine Tat eine Sünde stellst: wer bin ich, daß ich mit dir darüber hadern, daß ich mich dir entziehen sollte! Ist nicht meine Tat soviel wert, als sie mich kostet? Darf ich meine Ehre, meinen unbefleckten Leib mehr lieben, wie dich? O, es löst sich in mir wie ein Knoten. Du machtest mich schön; jetzt weiß ich, wozu. Du versagtest mir ein Kind; jetzt fühl ich, warum, und freu mich, daß ich mein eigen Selbst nicht doppelt zu lieb hab. Was ich sonst für Fluch hielt, erscheint mir nun wie Segen! — (Sie tritt vor einen Spiegel) Sei mir gegrüßt, mein Bild! Schämt euch, Wangen, daß ihr noch nicht glüht; ist der Weg zwischen euch und dem Herzen so weit? Augen, ich lob euch, ihr habt Feuer getrunken und seid berauscht! Armer Mund, dir nehm ich's nicht übel, daß du bleich bist, du sollst das Entsetzen küssen. (Sie tritt vom Spiegel weg) Holofernes, dieses alles ist dein; ich habe keinen Teil mehr daran; ich hab mich tief in mein Innerstes zusammengezogen. Nimm's, aber zittre, wenn du es hast; ich werde in einer Stunde, wo du's nicht denkst, aus mir herausfahren, wie ein Schwert aus der Scheide, und mich mit deinem Leben bezahlt machen! Muß ich dich küssen, so will ich mir einbilden, es geschieht mit vergifteten Lippen; wenn ich dich umarme, will ich denken, daß ich dich erwürge. Gott, laß ihn Greuel begehen unter meinen Augen, blutige Greuel, aber schütze mich, daß ich nichts Gutes von ihm sehe!

MIRZA (kommt).   Riefst du mich, Judith?

JUDITH.   Nein, ja, Mirza, du sollst mich schmücken.

MIRZA.   Willst du nicht essen?

JUDITH.   Nein, ich will geschmückt sein.

MIRZA.   Iß, Judith.   Ich kann's nicht länger aushalten!

JUDITH.   Du?

MIRZA.   Sieh, als du gar nicht essen und trinken wolltest, da schwur ich: dann will ich auch nicht! Ich tat's, um dich zu zwingen; wenn du nicht Mitleid mit dir selbst hattest, so solltest du's mit mir haben. Ich sagte es dir, aber du hast's wohl nicht gehört. Es sind nun drei Tage.

JUDITH.   Ich wollt ich wäre so viel Liebe wert.

MIRZA.   Laß uns essen und trinken.   Es wird bald zum letzenmal sein, wenigstens das Trinken.   Die Röhren zum Brunnen sind abgehauen; auch zu den kleinen Brunnen an der Mauer kann niemand mehr kommen, denn sie werden von den Kriegsleuten bewacht. Doch sind schon welche hinausgegangen, die sich lieber töten lassen, als noch länger dursten wollten. Von einem sagt man, daß er, schon durchstoßen, sterbend zum Brunnen kroch, um sich noch einmal zu letzen; aber eh er das Wasser, das er schon in der Hand hielt, an die Lippen brachte, gab er den Geist auf. Keiner versah sich dieser Grausamkeit vom Feind, darum ward der Wassermangel in der Stadt gleich so allgemein. Wer auch noch ein wenig hat, hält's geheim, wie einen Schatz.

JUDITH. O, greulich, statt des Lebens, das man nicht nehmen kann, die Bedingung des Lebens zu nehmen! Schlagt tot, sengt und brennt, aber raubt dem Menschen nicht mitten im Überfluß der Natur seine Notdurft! O, ich habe schon zu lange gesäumt!

MIRZA. Mir hat Ephraim Wasser für dich gebracht. Du magst die Größe seiner Liebe daran erkennen. Seinem eignen Bruder hat er's versagt!

JUDITH. Pfui! Dieser Mensch gehört zu denen, die sogar dann sündigen, wenn sie etwas Gutes tun wollen!

MIRZA. Das gefiel mir auch nicht, aber dennoch bist du zu hart gegen ihn.

JUDITH. Nein, ich sag dir, nein! Jedes Weib hat ein Recht, von jedem Mann zu verlangen, daß er ein Held sei. Ist dir nicht, wenn du einen siehst, als sähst du, was du sein möchtest, sein solltest? Ein Mann mag dem andern seine Feigheit vergeben, nimmer ein Weib. Verzeihst du's der Stütze, daß sie bricht? kaum kannst du verzeihen, daß du der Stütze bedarfst!

MIRZA. Konntest du's denn erwarten, daß Ephraim deinem Befehl gehorchen werde?

JUDITH. Von einem, der Hand an sich selbst gelegt, der dadurch sein Leben herrenlos gemacht hatte, durfte ich's erwarten. Ich schlug an ihn, wie an einen Kiesel, von dem ich nicht weiß, ob ich ihn behalten oder wegwerfen soll; hätt er einen Funken gegeben — der Funke wäre in mein Herz hineingesprungen, jetzt tret ich den schnöden Stein mit Füßen!

MIRZA. Wie aber sollt er's ausführen?

JUDITH. Der Schütz, welcher frägt, wie er schießen soll, wird nicht treffen. Ziel — Auge — Hand — da ist's! (mit einem Blick gen Himmel) O, ich sah's über der Welt schweben, wie eine Taube, die ein Nest sucht zum brüten, und die erste Seele, die in der Erstarrung erglühend aufging, mußte den Erlösungsgedanken empfangen. Doch, Mirza, geh und iß, dann schmücke mich!

MIRZA. Ich warte so lange als du wartest!

JUDITH. Du siehst mich so traurig an. Nun, ich geh mit dir! Aber nachher nimm all deinen Witz zusammen, und schmücke mich, wie zur Hochzeit. Lächle nicht! Meine Schönheit ist jetzt meine Pflicht! (Geht ab.)

Öffentlicher Platz in Bethulien. Viel Volk. Eine Gruppe junger Bürger, bewaffnet.

EIN BÜRGER (zum andern). Was sagst du, Ammon?

AMMON. Ich frage dich, Hosea, was besser ist, der Tod durchs Schwert, der so schnell kommt, daß er dir gar nicht Zeit läßt, ihn zu fürchten und zu fühlen, oder dies langsame Verdorren, das uns bevorsteht?

HOSEA. Wenn ich dir antworten sollte, müßte mir der Hals nicht so trocken sein. Man wird durstiger durchs Sprechen.

AMMON. Du hast recht.

BEN (ein dritter Bürger). Man kommt so weit, daß man sich selbst wegen der paar Blutstropfen beneidet, die einem noch in den Adern sickern. Ich möchte mich anzapfen, wie ein Faß.
(Steckt den Finger in den Mund.)

HOSEA. Das beste ist, daß man über den Durst den Hunger vergißt.

AMMON. Nun, zu essen haben wir noch.

HOSEA. Wie lange wird's dauern? Besonders, wenn man Leute, wie dich, unter uns duldet, die mehr Viktualien im Magen als auf den Schultern tragen können.

AMMON. Ich zehre vom eigenen. Das geht keinen was an.

HOSEA. In Kriegszeiten ist alles allgemein. Man sollte dich und deinesgleichen dahin stellen, wo die meisten Pfeile fallen. Man sollte überhaupt die Unmäßigen immer vorausschieben; siegen sie, so braucht man nicht ihnen, sondern den Ochsen und Mastkälbern zu danken, deren Mark in ihnen rumort; kommen sie um, so ist auch das ein Vorteil.

AMMON (gibt ihm eine Ohrfeige).

HOSEA. Glaube nicht, daß ich wiedergebe, was ich empfange. Aber das merk dir: wenn du in Gefahr kommst, so erwarte nicht von mir, daß ich dir beispringe. Ich trag's dem Holofernes auf, mich zu rächen.

AMMON. Undankbarer! Einen prügeln, heißt, ihm einen Panzer aus seiner eigenen Haut schmieden. Die Ohrfeige von heute macht dich unempfindlich gegen die, welche dich morgen erwartet.

BEN. Ihr seid Narren. Zankt euch, und vergeßt, daß ihr gleich den Wall beziehen sollt.

AMMON. Nein, wir sind kluge Leute, solange wir miteinander hadern, denken wir nicht an unsre Not.

BEN. Kommt, kommt! wir müssen fort.

AMMON. Ich weiß nicht, ob es nicht besser wäre, wenn wir dem Holofernes öffneten. Den, der das täte, tötete er gewiß nicht!

BEN. So tötete ich ihn. (Sie gehen ab.)

(Zwei ältere Bürger im Gespräch.)

DER EINE. Hast du wieder einen neuen Greuel vom Holofernes gehört?

DER ANDERE. Freilich.

DER EINE. Wie treibst du's nur auf! aber erzähl mir doch!

DER ANDERE. Er steht und spricht mit einem seiner Hauptleute. Allerlei Heimlichkeiten. Auf einmal bemerkt er in der Nähe einen Soldaten. „Hast du gehört", — fragt er den — „was ich sprach?" „Nein", antwortet der Mensch. „Das ist ein Glück für dich", — sagt der Tyrann, — „sonst ließe ich dir den Kopf herunterschlagen, weil Ohren daran sitzen!"

DER EINE. Man sollte glauben, man müßte leblos niederfallen, wenn man so etwas vernimmt. Das ist das Niederträchtigste an der Furcht, daß sie einen nur halb tötet, nicht ganz.

DER ANDERE. Mir ist die Langmut Gottes unbegreiflich. Wenn er einen solchen Heiden nicht haßt, wen soll er noch hassen?

(Gehen vorüber.)

SAMUEL, ein uralter Greis, von seinem Enkel geführt, tritt auf.

ENKEL. Singet dem Herrn ein neues Lied, denn seine Güte währet ewiglich!

SAMUEL. Ewiglich! (er setzt sich auf einen Stein) Samuel dürstet. Enkel, warum gehst du nicht, und holst ihm einen frischen Trunk?

ENKEL. Ahn, der Feind steht vor der Stadt! Wieder vergaß er's.

SAMUEL. Den Psalm! Lauter! Was stockst du!

ENKEL. Zeuge von dem Herrn, o Jüngling, denn du weißt nicht, ob du ein Greis wirst! Rühm ihn, o Greis, denn du wurdest nicht alt, um das zu verhehlen, was der Barmherzige an dir getan hat!

SAMUEL (zornig). Hält der Brunnen nicht mehr soviel Wasser, als Samuel braucht, wenn er zum letztenmal trinken will? Kann der Enkel nicht schöpfen, ob der Mittag gleich heiß ist?

ENKEL (sehr laut). Schwerter halten den Brunnen bewacht, Speere starren, die Heiden haben große Gewalt über Israel.

SAMUEL (steht auf). Nicht über Israel! Wen suchte der Herr, als er Wellen und Winden Macht gab über das Schifflein, daß es hinauf- und hinunterflog? Nicht den, der am Steuer saß, noch sonst einen andern, den trotzigen Jonas allein, der ruhig schlief. Vom sichern Schiff trieb er ihn in die tobende Meerflut hinein, aus der Meerflut in des Leviathans Rachen, aus dem Rachen des Untiers durch die Klippen der Zähne in den finstern Bauch. Aber, als Jonas nun Buße tat, war der Herr da nicht stark genug, ihn noch aus dem Bauche des Leviathans wieder zu erretten? Stehet auf, ihr heimlichen Misse- täter, die ihr in euch selber schlaft, wie Jonas schlief, wartet nicht, bis man das Los über euch wirft, tretet hervor und sprecht: wir sind's, damit nicht der Unschuldige vertilgt werde mit dem Schul- digen! (Er faßt seinen Bart.) Samuel schlug den Aaron, spitz war der Nagel, weich war das Hirn, tief war Aarons Schlummer in seines Weibes Schoß. Samuel nahm des Aaron Weib, und zeugte den Ham mit ihr, aber sie starb vor Entsetzen, als sie das Kind erblickte, denn des Kindes Haupt trug das Zeichen des Nagels, wie des Toten Haupt, und Samuel ging in sich, und kehrte sein Angesicht gegen sich selbst!

ENKEL. Ahn! Ahn! Du selbst bist Samuel und ich bin der Sohn des Ham!

SAMUEL. Samuel schor sich das Haupt und stellte sich vor seine Tür, und harrte der Rache, wie man des Glückes harrt, siebzig Jahre

26

und länger, bis er seine Tage nicht mehr zu zählen vermochte. Aber die Pest ging vorüber, und ihr Atem traf ihn nicht, und das Elend ging vorüber, und kehrte nicht bei ihm ein, und der Tod ging vorüber und rührte ihn nicht an. Die Rache kam nicht von selbst, und er hatte nicht den Mut, sie zu rufen.

ENKEL. Komm! komm! (Er führt in auf die Seite.)

SAMUEL. Aarons Sohn, wo bist du, oder seines Sohnes Sohn, oder sein Bruder, daß Samuel den Stoß eurer Hand nicht fühlt, noch den Tritt eurer Füße? Auge um Auge, sprach der Herr, Zahn um Zahn, Blut um Blut!

ENKEL. Aarons Sohn ist tot und seines Sohnes Sohn, und sein Bruder, der ganze Stamm!

SAMUEL. Blieb kein Rächer? Sind dies die letzten Zeiten, daß der Herr die Sünde aufgeschossen stehen läßt und die Sicheln zerbricht? Wehe! Wehe!

(Der Enkel führt ihn ab.)

ZWEI BÜRGER.

ERSTER. Wie ich dir sage, nicht allenthalben fehlt's an Wasser. Es gibt Leute unter uns, die sich nicht allein voll saufen, sondern die sich sogar täglich mehrere Male waschen.

ZWEITER. O, ich glaub's. Ich will dir doch etwas vertrauen. Mein Nachbar Assaph hatte eine Ziege, die in seinem Gärtlein lustig weidete. Ich sehe gerade ins Gärtlein hinab und mir wurde jedesmal zumute, wie einer schwangeren Frau, wenn ich das Tier mit seinen vollen Eutern erblickte. Gestern ging ich zu Assaph und bat ihn um ein wenig Milch. Als er mir's abschlug, griff ich zum Bogen, tötete die Ziege mit einem raschen Schuß und schickte ihm, was sie wert ist! Ich tat recht, denn die Ziege verleitete ihn zur Hartherzigkeit gegen seinen Nächsten.

ERSTER. Von dir konnte man den Streich erwarten! Du hast ja schon als ganz kleines Kind eine Jungfrau zur Mutter gemacht!

ZWEITER. Was!

ERSTER. Ja! ja! Bist du nicht der Erstgeborne? (Gehen vorüber.)

(Einer der Ältesten tritt auf.)

DER ÄLTESTE. Hört, hört, ihr Männer von Bethulien! (Das Volk versammelt sich um ihn.) Hört, was euch durch meinen Mund der fromme Hohepriester Jojakim zu wissen tut!

ASSAD (ein Bürger; seinen Bruder Daniel, der stumm und blind ist, an der Hand). Gebt acht, der Hohepriester will, daß wir Löwen sein sollen. Dann kann er um so besser Hase sein.

EIN ANDERER. Lästere nicht!

ASSAD. Ich lasse keine Trostgründe gelten, als die ich aus dem Brunnen schöpfen kann.

DER ÄLTESTE. Ihr sollt gedenken an Moses, den Diener des Herrn, der nicht mit dem Schwert, sondern mit Gebet den Amalek schlug. Ihr sollt nicht zittern vor Schild und Speer, denn ein Wort der Heiligen macht sie zu schanden.

ASSAD. Wo ist Moses? Wo sind Heilige?

DER ÄLTESTE. Ihr sollt Mut fassen und gedenken, daß das Heiligtum des Herrn in Gefahr ist.

ASSAD. Ich meinte, der Herr wolle uns schützen. Nun läuft's darauf hinaus, daß wir ihn schützen sollen!

DER ÄLTESTE. Und vor allem sollt ihr nicht vergessen, daß der Herr, wenn er euch umkommen läßt, euch euren Tod und eure Marter in Kindern und Kindeskindern bis zum zehnten Glied hinab vergüten kann.

ASSAD. Wer sagt mir, wie meine Kinder und Kindeskinder ausschlagen? Können's nicht Bursche sein, deren ich mich schämen muß, die mir zum Spott herumlaufen! (Zum Ältesten.) Mann, deine Lippe zittert, dein Auge irrt unstet, deine Zähne möchten die klingenden Worte zerreißen, hinter denen sich deine Angst versteckt. Wie kannst du den Mut von uns verlangen, den du selbst nicht hast? Ich will einmal im Namen dieser aller zu dir reden. Gib Befehl, daß die Tore der Stadt geöffnet werden. Unterwürfigkeit findet Barmherzigkeit! Ich sag's nicht meinetwegen, ich sag's dieses armen Stummen wegen, ich sag's wegen der Weiber und Kinder! (Umstehende geben

Zeichen des Beifalls.) Gib Befehl, augenblicklichen, oder wir tun's ohne deinen Befehl.

DANIEL (reißt sich von ihm los). Steiniget ihn! Steiniget ihn!

VOLK. War dieser Mann nicht stumm?

ASSAD (seinen Bruder mit Entsetzen betrachtend). Stumm und blind. Er ist mein Bruder. Dreißig Jahre ist er alt und sprach nie ein Wort.

DANIEL. Ja, das ist mein Bruder! Er hat mich erquickt mit Speis und Trank. Er hat mich gekleidet und ließ mich bei sich wohnen! Er hat mich gepflegt bei Tag und bei Nacht. Gib mir die Hand, du treuer Bruder. (Als er sie faßt, schleudert er sie, wie von Entsetzen gepackt, von sich.) Steiniget ihn, steiniget ihn!

ASSAD. Wehe! Wehe! Der Geist des Herrn spricht aus des Stummen Mund! Steinigt mich!

(Das Volk verfolgt ihn, ihn steinigend.)

SAMAJA (ihnen bestürzt nacheilend.) Was wollt ihr? (Ab.)

DANIEL (begeistert). Ich komme, ich komme, spricht der Herr, aber ihr sollt nicht fragen woher! Meint ihr, es sei Zeit? ich allein weiß, wann es Zeit ist!

VOLK. Ein Prophet, ein Prophet!

DANIEL. Ich ließ euch wachsen und gedeihen, wie das Korn zur Sommerzeit! Meinet ihr, daß ich den Heiden meine Ernte überlassen werde? Wahrlich, ich sage euch, das wird nimmermehr geschehen!

(JUDITH mit MIRZA erscheint unter dem Volk.)

VOLK (wirft sich zu Boden). Heil uns!

DANIEL. Und ob euer Feind noch so groß ist, so brauche ich doch nur ein Kleines, um ihn zu vernichten! Heiliget euch! heiliget euch! denn ich will wohnen bei euch und will euch nicht verlassen, wenn ihr mich nicht verlaßt! — (Nach einer Pause.) Bruder, deine Hand!

SAMUEL (zurückkehrend). Tot ist dein Bruder! Du hast ihn getötet! Das war dein Dank für all seine Liebe! O, wie gern hätt ich ihn gerettet! Wir waren ja Freunde von Jugend auf! Was aber konnt ich ausrichten gegen so viele, die deine Torheit verrückt gemacht hatte. „Nimm dich Daniels an!" rief er mir zu, als mich sein bre-

29

chendes Auge erkannte. Ich leg dir dies Wort als ein glühendes Vermächtnis auf die Seele!

DANIEL (will sprechen und kann's nicht; er wimmert).

SAMUEL (zum Volk). Schämet euch, daß ihr auf den Knieen liegt, schämet euch noch mehr, daß ihr einen edlen Mann, der es mit euch allen wohl meinte, gemordet habt! Ha, ihr verfolgtet ihn so wütend, als könntet ihr in ihm eure eigenen Sünden zu Tode steinigen! Alles, was er hier gegen den Ältesten, nicht aus Feigheit, sondern aus Mitleid mit eurem Elend vorbrachte, war zwischen uns heute morgen verabredet; dieser Stumme saß dabei, zusammengekauert und teilnahmlos, wie immer; er verriet seinen Abscheu mit keiner Miene. — (Zum Ältesten.) Alles, was mein Freund verlangte, verlang ich noch; schleuniges Öffnen der Tore, Unterwerfung auf Gnad und Ungnade. — (Zu Daniel.) Nun zeige, daß der Herr aus dir sprach. Fluche mir, wie du dem Bruder fluchtest!

DANIEL (in höchster Angst, will reden und kann nicht).

SAMUEL. Sehet ihr den Propheten? Ein Dämon des Abgrunds, der euch verlocken wollte, entsiegelte seinen Mund, aber Gott verschloß ihn wieder, und verschloß ihn auf ewig. Oder könnt ihr glauben, daß der Herr die Stummen reden macht, damit sie Brudermörder werden?

DANIEL (schlägt sich).

JUDITH (tritt in die Mitte des Volks). Lasset euch nicht versuchen. Hat es euch nicht gepackt, wie Gottesnähe, und euch in heiliger Vernichtung zu Boden geworfen? Wollt ihr es jetzt dulden, daß man euer tiefstes Gefühl der Lüge zeiht?

SAMUEL. Weib, was willst du? Siehst du nicht, daß dieser verzweifelt? Ahnst du nicht, daß er verzweifeln muß, wenn er ein Mensch ist? (Zu Daniel.) Reiß dir die Haare aus, zerstoß dir den Kopf an der Mauer, daß die Hunde dein Gehirn lecken; das ist das einzige, was du noch auf der Welt zu tun hast! Was gegen die Natur ist, das ist gegen Gott?

STIMMEN IM VOLK. Er hat recht!

JUDITH (zu Samaja). Willst du dem Herrn den Weg vorschreiben, den er wandeln soll? Reinigt er nicht jeden Weg dadurch, daß er ihn wandelt?

SAMAJA. Was gegen die Natur ist, das ist gegen Gott! Der Herr tat Wunder unter den Vätern; die Väter waren besser, wie wir. Wenn er jetzt Wunder tun wollte, warum läßt er nicht regnen? Und warum tut er nicht ein Wunder im Herzen des Holofernes und bewegt ihn zum Abzug?

EIN BÜRGER (dringt auf Daniel ein). Stirb, Sünder, der du uns verleitet hast, uns mit dem Blute eines Gerechten zu beflecken!

SAMAJA (tritt zwischen ihn und Daniel). Niemand darf den Kain töten! So sprach der Herr. Aber Kain darf sich selbst töten! So spricht in mir eine Stimme! Und Kain wird's tun! Dies sei euch ein Zeichen: lebt dieser Mensch noch bis morgen, kann er seine Tat einen ganzen Tag und eine ganze Nacht tragen, so tut nach seinen Worten und harret, bis ihr tot hinsinkt, oder bis euch ein Wunder erlöst. Wo nicht, so tut, was Assad euch sagte: öffnet die Tore und ergebt euch. Und wenn ihr im Druck eurer Sünden nicht zu hoffen wagt, daß der Herr das Herz des Holofernes rühren wird, so legt Hand an euch selbst; tötet euch untereinander und laßt nur die Kinder am Leben; die werden die Assyrier verschonen, denn sie haben selbst Kinder, oder wünschen selbst Kinder zu haben. Macht ein großes Morden daraus, wo der Sohn den Vater niedersticht und wo der Freund dem Freunde dadurch seine Liebe beweist, daß er ihm die Gurgel abschneidet, ohne sich erst bitten zu lassen. (Faßt den Daniel bei der Hand.) Den Stummen nehm ich in mein Haus. (Für sich.) Wahrlich, die Stadt, die sein Bruder retten wollte, soll nicht durch seine Raserei zugrunde gehen! Ich will ihn in eine Kammer einschließen, ich will ihm ein blankes Messer in die Hand drücken, ich will ihm in die Seele reden, bis er vollbringt, was ich im Namen der Natur und als ihr Prophet voraus verkündigt habe. Gott Lob, daß er nur stumm und blind ist, daß er nicht auch taub ist. (Er geht mit Daniel ab.)

VOLK (durcheinander). Warum gehen uns die Augen so spät auf! Wir wollen nicht länger warten. Keine Stunde! Wir wollen die Tore öffnen. Kommt!

JOSUA (ein Bürger). Wer war schuld, daß wir uns nicht demütigten, wie die übrigen Völker? Wer verführte uns, daß wir die schon gebeugten Nacken trotzig emporhoben? Wer hieß uns in die Wolken blicken, und die Erde darüber vergessen?

VOLK. Wer anders, als Priester und Älteste?

JUDITH. O Gott, jetzt hadern die Unseligen mit denen, die sie aus nichts zu etwas machten! — (Laut.) Seht ihr im Unglück, das euch trifft, nur eine Aufforderung, es euch durch Gemeinheit zu verdienen?

JOSUA (geht unter den Bürgern herum). Als ich vom Zug des Holofernes hörte, da war mein erster Gedanke, daß wir ihm entgegengehen, und seine Gnade erflehen sollten. Wer unter euch dachte anders? (Alle schweigen.) Warum kam Holofernes? Nur, um uns zu unterwerfen; hätte er die Unterwerfung auf der Hälfte des Weges angetroffen, er hätte den ganzen nicht gemacht und wäre umgekehrt, denn er hat genug zu tun. Dann säßen wir jetzt im Frieden und labten uns an Speis und Trank; nun ist unser kümmerliches Leben nichts, als eine Anweisung auf alle Martern, die möglich sind.

VOLK. Wehe! Wehe!

JOSUA. Und wir sind unschuldig, wir haben nie getrotzt, wir haben immer gezittert. Aber Holofernes war noch fern, und Älteste und Priester waren nah und bedrohten uns! da vergaßen wir die eine Furcht über die andere. Wißt ihr was? Wir wollen Älteste und Priester aus der Stadt heraustreiben, und zum Holofernes sagen: da sind die Empörer. Mag er sich ihrer erbarmen, so ist's gut; wo nicht, so wollen wir doch lieber um sie klagen, als um uns selbst!

VOLK. Wird das uns retten?

JUDITH. Das ist, als ob einer mit dem Schwert, womit er sich nicht zu verteidigen vermag, den Waffenschmied, der es ihm gab, ermorden wollte.

VOLK. Hilft es wohl?

JOSUA. Wie sollt es nicht? Kopf ab, heißt's, nicht Fuß ab, oder Hand ab.

32

VOLK. Du hast recht! Das ist der Weg!

JOSUA (zu dem Ältesten, der den Auftritt ernst angesehen hat). Was sagst du dazu?

DER ÄLTESTE. Ich würde selbst dazu raten, wenn's helfen könnte. Ich bin heute gerade dreiundsiebzig Jahr alt geworden, und möchte wohl zu den Vätern eingehen; auf ein paar Atemzüge mehr oder weniger kommt's nicht an. Zwar glaube ich ein ehrliches Grab verdient zu haben und möchte lieber in der Erde, als im Magen eines wilden Tieres ruhen; doch wenn ihr meint, daß ich für euch alle genug tun kann, so bin ich bereit. Ich schenk euch diesen grauen Kopf, macht aber schnell, damit der Tod euch nicht zuvorkomme, und das Geschenk hohnlachend in eine Grube hineinwerfe. Nur einmal erlaubt mir noch, diesen Kopf, der nun euch gehört, zu brauchen. Nicht von mir allein, von allen Ältesten und allen Priestern ist die Rede. Wollt ihr euch, bevor ihr zu opfern beginnt, nicht die Mühe nehmen, die Opfer zu zählen?

JUDITH (wild). Das hört ihr an, und schlagt nicht an eure Brust und werft euch nicht nieder und küßt dem Greis die Füße? Bei der Hand fassen möcht ich jetzt den Holofernes und ihn hereinführen und ihm selbst das Schwert schleifen, wenn es stumpf würde, ehe es jeden dieser Köpfe abgemäht hätte!

JOSUA. Der Älteste sprach klug, sehr klug. Widersetzen konnt er sich nicht, das sah er, da gab er sich denn drein und auf eine Weise — ich wette, wenn die Lämmer sprechen könnten, es würde kein einziges geschlachtet. — (Zu Judith.) Gewiß hat er dich nicht allein gerührt.

JUDITH. Widersetzen konnt er sich nicht, aber er konnte euren schlechten Plan doch zu schanden machen, er konnte sich töten! Und er griff krampfhaft nach dem Schwert, ich bemerkt es wohl und trat ihm näher, um ihn zu hindern; aber gleich brach's wie innerer Sieg aus seinem Angesicht hervor, er zog die Hand, wie beschämt, zurück, und blickte nach oben.

DER ÄLTESTE. Du denkst zu edel von mir. Nicht mir selbst galt das, es galt dem da!

VOLK. Dein Rat ist schlecht, Josua, wir wollen dir nicht folgen!

JUDITH. Habt Dank!

JOSUA. Aber darauf, daß die Tore geöffnet werden, besteht ihr doch? Bedenkt, daß ein Feind, dem ihr öffnet, nie so grausam sein kann, wie einer, der sich selbst öffnen muß! — (Zum Ältesten.) Gib Befehl. Wegen meines Vorschlags will ich dich um Verzeihung bitten, das heißt morgen, wenn ich dann noch lebe.

JUDITH (zum Ältesten). Sag nein!

DER ÄLTESTE. Ich sage ja, denn ich sehe selbst nicht, woher uns Hilfe kommen soll.

ACHIOR (tritt unter das Volk). Öffnet, nur erwartet keine Gnade vom Holofernes. Er hat geschworen, das Volk, welches sich ihm zuletzt unterwerfen würde, von der Erde zu vertilgen, daß auch seine Spur nicht bleibe. Ihr seid die letzten.

JUDITH. Das hat er geschworen!

ACHIOR. Ich stand dabei. Und ob er seinen Schwur halten wird, mögt ihr daran erkennen: er ergrimmte über mich, als ich von der Macht eures Gottes sprach, und sein Zorn ist Tod. Aber, statt mich niederzuhauen, befahl er, wie ihr wißt, daß ich zu euch geführt werde. Ihr seht, so wenig zweifelt er an eurem Untergang, daß er den Mann, den er haßt, und dessen Kopf er mit Gold aufwiegen will, aus der Hand gibt, weil er sich an ihm erst dann rächen mag, wenn er sich zugleich an euch rächen kann. Und so fern ist ihm jeder Gedanke an Gnade, daß er für seinen Feind keine härtere Strafe auszusinnen weiß, als diejenige ist, die er euch zugedacht hat!

VOLK. Es soll nicht geöffnet werden. Wenn wir durchs Schwert umkommen wollen, so haben wir ja selbst Schwerter!

JOSUA. Lasset uns eine Zeit bestimmen. Alles muß ein Ende haben.

VOLK. Eine Zeit! eine Zeit!

DER ÄLTESTE. Lieben Brüder, so habt noch fünf Tage Geduld, und harrt der Hilfe des Herrn!

JUDITH. Und wenn der Herr nun noch fünf Tage länger braucht?

DER ÄLTESTE. Dann sind wir tot! Will der Herr uns helfen, so muß es in diesen fünf Tagen geschehen; wir werden ohnehin ihr Ende nicht alle erleben!

JUDITH (feierlich, als ob sie ein Todesurteil spräche). Also in fünf Tagen muß er sterben!

DER ÄLTESTE. Wir müssen das Äußerste tun, um uns nur noch so lange zu halten. Wir müssen das Opfer des Herrn, den heiligen Wein und das Öl, unter uns verteilen! Wehe mir, daß ich einen solchen Rat geben muß!

JUDITH. Ja, wehe dir! Warum rätst du nicht lieber ein anderes Äußerstes? — (Zum Volk.) Ihr Männer von Bethulien, wagt einen Ausfall! Die kleinen Brunnen liegen dicht an der Mauer; teilt euch in zwei Hälften; die eine muß den Rückzug und das Tor decken, während die andere in Masse anstürmt; es kann gar nicht fehlen, ihr bringt Wasser herein!

DER ÄLTESTE. Du siehst, keiner antwortet.

JUDITH (zum Volk). Wie soll ich das verstehen! (Nach einer Pause.) Doch, es freut mich. Wenn ihr nicht das Herz habt, es mit ein paar hundert Soldaten aufzunehmen, so werdet ihr noch weniger so vermessen sein, die Rache des Herrn herauszufordern, und eure Hand frevelnd nach der Speise des Altars auszustrecken!

DER ÄLTESTE. Dies ist nötig, und hundertfältig soll es ersetzt werden. Das andere ist zu bedenklich; ein offenes Tor wäre die Todeswunde der Stadt. Auch David aß die heiligen Brote, und er aß sich nicht den Tod.

JUDITH. David war ein Geweihter des Herrn. Wollt ihr essen, wie David, so werdet zuvor wie David. Esset und trinket, aber heiliget euch erst!

EINER IM VOLK. Warum hören wir auf die!

EIN ANDERER. Schäme sich, wer es nicht tut. Ist sie nicht wie ein Engel?

EIN DRITTER. Sie ist das gottesfürchtigste Weib in der Stadt! So lange es uns wohlging, saß sie still in ihrem Kämmerlein; hat jemand sie öffentlich gesehen, außer, wenn sie beten oder opfern wollte?

35

Aber nun, da wir verzweifeln wollen, verläßt sie ihr Haus und wandelt mit uns und spricht uns Trost ein!

DER VORIGE. Sie ist reich und hat viele Güter. Aber wißt ihr, was sie einmal sagte? „Ich verwalte diese Güter nur, sie gehören den Armen." Und sie sagt's nicht bloß, sie tut's. Ich glaube, sie nimmt nur darum keinen Mann wieder, weil sie dann aufhören müßte, die Mutter der Bedürftigen zu sein! Wenn der Herr uns hilft, so geschieht's ihretwegen!

JUDITH (zu Achior). Du kennst den Holofernes. Sprich mir von ihm.

ACHIOR. Ich weiß, daß er nach meinem Blut dürstet, aber glaube nicht, daß ich ihn schmähe! Wenn er mit dem erhobenen Schwerte vor mir stände, und mir zuriefe: Töte mich, sonst töt ich dich: ich weiß nicht, was ich täte!

JUDITH. Das ist dein Gefühl. Er hatte dich in seiner Gewalt, und ließ dich frei!

ACHIOR. O, es ist nicht das! Das könnte mich eher empören. Das Blut steigt mir in die Wangen, wenn ich bedenke, wie gering er einen Mann achten muß, den er selbst, die Waffen in der Hand, zu seinem Feind hinüberschickt.

JUDITH. Er ist ein Tyrann!

ACHIOR. Ja, aber er wurde geboren, es zu sein. Man hält sich und die Welt für nichts, wenn man bei ihm ist. Einmal ritt ich mit ihm im wildesten Gebirg. Wir kommen an eine Kluft, breit, schwindlig tief. Er spornt sein Pferd, ich greif ihm in die Zügel, deute auf die Tiefe und sage: sie ist unergründlich! „Ich will ja auch nicht hinein, ich will hinüber!" ruft er und wagt den grausigen Sprung. Ehe ich noch folgen kann, hat er kehrt gemacht und ist wieder bei mir. „Ich meinte dort eine Quelle zu sehen" — sagte er — „und wollte trinken, aber es ist nichts. Verschlafen wir den Durst." Und wirft mir die Zügel zu und springt herab vom Pferd nd schläft ein. Ich konnte mich nicht halten, ich stieg gleichalls ab, und berührte sein Kleid mit meinen Lippen und stellte mich gegen die Sonne, damit er Schatten habe. Pfui über mich!

36

Ich bin so sehr sein Sklave, daß ich ihn lobe, wenn ich von ihm spreche.

JUDITH. Er liebt die Weiber?

ACHIOR. Ja, aber nicht anders, wie Essen und Trinken.

JUDITH. Fluch ihm!

ACHIOR. Was willst du? Ich hab eine meines Volks gekannt, die verrückt ward, weil er sie verschmähte. Sie schlich sich in sein Schlafgemach und trat plötzlich, als er sich eben ins Bett gelegt hatte, mit gezücktem Dolch drohend vor ihn hin.

JUDITH. Was tat er?

ACHIOR. Er lachte, und lachte so lange, bis sie sich selbst durchstach.

JUDITH. Hab Dank, Holofernes! Nur an diese brauch ich zu denken, und ich werde Mut haben, wie ein Mann!

ACHIOR. Was ist dir?

JUDITH. O, steigt vor mir empor aus euern Gräbern, ihr, die er morden ließ, daß ich in eure Wunden schaue; tretet vor mich hin, ihr, die er geschändet hat, und schlagt die auf ewig zugefallenen Augen noch einmal wieder auf, daß ich drin lese, wieviel er euch schuldig ward! Ihr alle sollt bezahlt werden! Doch warum denk ich eurer, warum nicht der Jünglinge, die sein Schwert noch fressen, der Jungfrauen, die er in seinen Armen noch zerdrücken kann! Ich will die Toten rächen und die Lebendigen beschirmen. — (Zu Achior.) Ich bin doch für ein Opfer schön genug?

ACHIOR. Niemand sah deinesgleichen.

JUDITH (zu dem Ältesten). Ich hab ein Geschäft bei dem Holofernes. Wollt ihr mir das Tor öffnen lassen?

DER ÄLTESTE. Was hast du vor?

JUDITH. Niemand darf es wissen, als der Herr unser Gott!

DER ÄLTESTE. So sei er mit dir! Das Tor steht dir offen!

EPHRAIM. Judith! Judith! Nimmer vollbringst du's!

JUDITH (zu Mirza). Hast du den Mut, mich zu begleiten?

MIRZA. Ich hätte noch weniger den Mut, dich allein ziehen zu lassen.

JUDITH. Und du tatest, was ich dir befahl?

MIRZA. Wein und Brot ist hier. Es ist nur wenig!

JUDITH. Es ist zuviel!

EPHRAIM (für sich). Hätt ich das geahnt, so hätt ich nach ihren Worten getan! Grausam werd ich gestraft!

JUDITH (geht ein paar Schritte, dann wendet sie sich noch einmal zum Volk). Betet für mich, wie für eine Sterbende! Lehrt die kleinen Kinder meinen Namen und lasset sie für mich beten.

(Sie geht auf das Tor zu, es wird geöffnet, sowie sie heraus ist, fallen alle, außer Ephraim, auf die Knie.)

EPHRAIM. Ich will nicht beten, daß Gott sie schützen soll. Ich will sie selbst schützen! Sie geht in des Löwen Höhle — ich glaube, sie tut's nur, weil sie erwartet, daß alle Männer ihr folgen werden. Ich folge; wenn ich sterbe, so sterb ich ja nur etwas früher, als alle die andern. Vielleicht kehrt sie um! (Ab.)

DELIA (tritt in größter Bewegung unter das Volk). Wehe! Wehe!

EINER DER ÄLTESTEN. Was hast du?

DELIA. Der Stumme! Der furchtbare Stumme! Er hat meinen Mann erwürgt!

EINER AUS DEM VOLK. Das ist des Samaja Weib!

DER VORIGE ÄLTESTE (zu Delia). Wie konnte das geschehen?

DELIA. Samaja kam mit dem Stummen zu Hause. Er ging mit ihm in die hintere Kammer und riegelte hinter sich zu. Ich hörte Samaja laut reden und den Stummen ächzen und schluchzen. „Was ist's?" denk ich und schleiche mich an die Kammertür und lausche hinein durch einen Spalt. Der Stumme sitzt und hält ein scharfes Messer in der Hand, Samaja steht neben ihm und macht ihm schwere Vorwürfe. Der Stumme kehrt das Messer gegen seine Brust, ich stoß einen Schrei aus und entsetze mich, da ich sehe, daß Samaja ihn nicht in seiner Raserei zu hindern sucht. Aber auf einmal wirft der Stumme sein Messer weg und fällt über Samaja her; er reißt ihn, wie mit übermenschlicher Gewalt, zu Boden, und packt ihn bei der Kehle. Samaja kann sich seiner nicht erwehren, er ringt mit ihm; ich rufe um Hilfe. Nachbarn kommen herbei, die Tür, die von innen verriegelt ist, wird eingerannt. Zu spät. Der Stumme hat Samaja schon erwürgt; wie ein Tier wütet er noch gegen den Toten, und lacht, da er uns eintreten hört. Als er mich an der Stimme erkennt, wird er still und rutscht auf den Knieen zu mir heran; Mörder! ruf ich; da weist er mit dem Finger gen Himmel, dann sucht er das Messer am Boden, hebt es auf, reicht es mir und deutet auf seine Brust, als ob er wolle, daß ich ihn durchstoßen solle.

EIN PRIESTER. Daniel ist ein Prophet. Der Herr hat den Stummen reden lassen; er hat ein Wunder getan, damit ihr an die Wunder, die er noch tun will, glauben könnt! Samaja ist zu schanden worden mit seiner Prophezeiung! An Daniel hat er gefrevelt, durch Daniels Hand hat er seinen Lohn empfangen.

STIMMEN IM VOLK. Hin zu Daniel, damit ihm kein Leid geschehe.

EIN PRIESTER. Der Herr hat ihn gesandt, der Herr wird ihn schützen. Gehet hin und betet.

(Das Volk zerstreut sich zu verschiedenen Seiten.)

DELIA. Weiter haben sie keinen Trost für mich, als daß sie sagen: Er, den ich liebte, sei ein Sünder gewesen.

(Sie geht ab.)

VIERTER AKT.

(Zelt des Holofernes. Holofernes und zwei seiner Hauptleute.)

EINER DER HAUPTLEUTE. Der Feldhauptmann sieht aus wie ein Feuer, das ausgehen will.

DER ZWEITE. Vor solch einem Feuer muß man sich in acht nehmen. Es verschlingt alles, was ihm nahe kommt, um sich zu ernähren.

DER ERSTE. Weißt du, daß Holofernes in der letzten Nacht nahe daran war, sich selbst zu töten?

DER ZWEITE. Das ist nicht wahr!

DER ERSTE. Doch! Ihn drückt der Alp, und er glaubt im Schlafe, daß sich jemand auf ihn wirft und ihn würgen will. Er greift, in seinen Traum verstrickt, nach dem Dolch, und meint den Feind hinterrücks zu durchbohren und stößt ihn in die eigne Brust. Glücklicherweise gleitet das Eisen an den Rippen ab. Er erwacht und sieht's, und ruft, als der Kämmerer ihn verbinden will, lachend aus: Laß laufen, mich kühlt's, ich hab des Bluts zuviel!

DER ZWEITE. Es klingt fabelhaft.

DER ERSTE. Frag den Kämmerer.

HOLOFERNES (wendet sich rasch). Fragt mich selbst! (Sie erschrecken.) Ich ruf's euch zu, weil ich euch gern hab, und nicht mag, daß zwei

40

Helden, die ich brauchen kann, sich aus Langeweile durch allerlei schnöde Betrachtungen und Vergleiche um den Hals reden. (Für sich.) Sie wundern sich, daß ich ihr Gespräch hörte; Schande genug für mich, daß ich Zeit und Aufmerksamkeit dafür hatte! Ein Kopf, der sich nicht selbst mit Gedanken auszufüllen weiß, der für die Grillen und Einfälle anderer Platz übrig hat, ist nicht wert, daß man ihn füttert; die Ohren sind Almosensammler des Geistes, nur Bettler und Sklaven bedürfen ihrer, und man wird eins von beidem, wenn man sie braucht. (Zu den Hauptleuten.) Ich hadere nicht mit euch; es ist meine Schuld, daß ihr nichts zu tun habt, und daß ihr Worte machen müßt, um euch vorlügen zu können: ihr lebt. Was gestern Speise war, ist heute Kot; weh uns, daß wir darin wühlen müssen. Aber sagt mir doch, was hättet ihr getan, wenn ihr mich nun wirklich heute morgen tot im Bett gefunden?

DIE HAUPTLEUTE. Herr, was hätten wir tun sollen?

HOLOFERNES. Wenn ich's auch wüßte, so würd ich's nicht sagen. Wer sich aus der Welt wegdenken und seinen Ersatzmann nennen kann, der gehört nicht mehr hinein! Ich dank's doch meinen Rippen, daß sie von Eisen sind! Das wär ein Tod gewesen, wie eine Posse! Und gewiß hätte dieser Irrtum meiner Hand irgend einen magern Gott, zum Beispiel den der Ebräer, fett gemacht. Wie würde Achior sich mit seiner Vorherverkündigung gebrüstet und Respekt vor sich selbst bekommen haben! — Eins möcht ich wissen: was ist der Tod?

EINER DER HAUPTLEUTE. Ein Ding, um dessenwillen wir das Leben lieben!

HOLOFERNES. Das ist die beste Antwort. Ja wohl, nur weil wir es stündlich verlieren können, halten wir's fest, und pressen's aus und saugen's ein, bis zum Zerplatzen. Ging's ewig so fort, wie gestern und heut, so würden wir in seinem Gegenteil seinen Wert und Zweck sehen; wir würden ruhen und schlafen und in unsern Träumen vor nichts zittern, wie vor dem Erwachen. Jetzt suchen wir uns durchs Essen gegen das Gegessenwerden zu schützen und kämpfen mit unsern

Zähnen gegen die Zähne der Welt. Darum ist's auch so einzig schön, durchs Leben selbst zu sterben! den Strom so anschwellen zu lassen, daß die Ader, die ihn aufnehmen soll, zerspringt! die höchste Wollust und die Schauder der Vernichtung ineinander zu mischen! Oft kommt's mir vor, als hätt ich einmal zu mir selbst gesagt: nun will ich leben! Da ward ich losgelassen, wie aus zärtlichster Umschlingung, es ward hell um mich, mich fröstelte, ein Ruck und ich war da! So möcht ich auch einmal zu mir selbst sagen: nun will ich sterben! Und wenn ich nicht, sowie ich das Wort ausspreche, aufgelöst in alle Winde verfliege und eingesogen werde von all den durstigen Lippen der Schöpfung, so will ich mich schämen, und mir eingestehen, daß ich Wurzeln aus Fesseln gemacht habe. Möglich ist's; es wird sich noch einer töten durch den bloßen Gedanken!

EINER DER HAUPTLEUTE. Holofernes!

HOLOFERNES. Du meinst, man muß sich nicht berauschen. Das ist wahr, denn wer den Rausch nicht kennt, weiß auch nichts davon, wie schal die Nüchternheit ist! Und doch ist der Rausch der Reichtum unserer Armut, und ich mag's so gern, wenn's wie ein Meer aus mir hervorbricht und alles, was Damm und Grenze heißt, überflutet! Und wenn's einmal in allem, was lebt, so drängte und strömte, sollte es dann nicht durchbrechen und zusammenkommen und wie ein großes Gewitter in Donner und Blitz über die nassen, kalten, fetzenhaften Wolken triumphieren können, die der Wind nach Lust und Laune herumjagt? O gewiß! (Zu den Hauptleuten.) Ihr wundert euch über mich, daß ich aus meinem Kopf eine Spindel mache und den Traum- und Hirnknäuel darin Faden nach Faden abzwirne, wie ein Bündel Flachs. Freilich, der Gedanke ist der Dieb am Leben; der Keim, den man aus der Erde ans Licht hervorzerrt, wird nicht treiben; das weiß ich recht gut, doch heute, nach einem Aderlaß, mag's gehen! Wir haben jetzt ja Zeit, denn die in Bethulien scheinen nicht zu wissen, daß der Soldat sein Schwert so lange schärft, als sie ihn hindern, es zu brauchen.

EIN HAUPTMANN (tritt herein). Herr, ein ebräisch Weib, das wir auf dem Berg aufgegriffen haben, steht vor der Tür.

HOLOFERNES. Was für eine Art Weib?

DER HAUPTMANN. Herr, jeder Augenblick, daß du sie nicht siehst, ist ein verlorener. Wär sie nicht so schön, ich hätte sie nicht zu dir geführt. Wir lagen am Brunnen und harrten, ob sich jemand heran wagte. Da sahen wir sie kommen; ihre Magd hinterdrein, wie ihr Schatten. Sie war verschleiert und ging anfangs so schnell, daß die Magd ihr kaum zu folgen vermochte; dann hielt sie plötzlich inne, als wollte sie umkehren, und wandte sich gegen die Stadt und warf sich zu Boden und schien zu beten. Nun kam sie auf uns zu und ging zum Brunnen. Einer der Wächter trat ihr entgegen, ich dachte schon, er wolle ihr ein Leides tun, denn die Soldaten sind grimmig ob dem langen Müßiggang, aber er bückte sich, und schöpfte und reichte ihr das Gefäß. Sie nahm es, ohne zu danken, und führte es an ihre Lippen, doch bevor sie noch getrunken hatte, setzte sie es wieder ab und goß es langsam aus. Dies verdroß den Wächter, er zog sein Schwert und zückte es gegen sie; da schlug sie ihren Schleier zurück und sah ihn an. Es fehlte wenig, so hätte er sich ihr zu Füßen geworfen; sie aber sprach: führt mich zum Holofernes, ich komme, weil ich mich vor ihm demütigen und ihm die Heimlichkeiten der Meinigen offenbaren will.

HOLOFERNES. Führe sie herein! (Der Hauptmann ab.) Alle Weiber der Welt seh ich gern, ausgenommen eins, und das hab ich nie gesehen und werd es nie sehen.

EINER DER HAUPTLEUTE. Welche ist das?

HOLOFERNES. Meine Mutter! Ich hätt sie so wenig sehen mögen, als ich mein Grab sehen mag. Das freut mich am meisten, daß ich nicht weiß, woher ich kam! Jäger haben mich als einen derben Buben in der Löwenhöhle aufgelesen, eine Löwin hat mich gesäugt; darum ist's kein Wunder, daß ich den Löwen selbst einst in diesen meinen Armen zusammendrückte. Was ist denn auch eine Mutter für ihren Sohn? Der Spiegel seiner Ohnmacht von gestern oder von morgen. Er kann sie nicht ansehen, ohne der Zeit zu gedenken, wo er ein erbärmlicher Wurm war, der die paar Tropfen Milch, die er schluckte, mit Schmätzen bezahlte. Und wenn er dies vergißt, so sieht er ein Gespenst in ihr, das ihm Alter und Tod vorgaukelt und ihm die eigene Gestalt, sein Fleisch und Blut, zuwider macht.

JUDITH (tritt herein; sie wird von Mirza und dem Hauptmann, die beide an der Tür stehen bleiben, begleitet; sie ist anfangs verwirrt, faßt sich aber schnell, geht auf Holofernes zu und fällt ihm zu Füßen). Du bist der, den ich suche, du bist der Holofernes.

HOLOFERNES. Du denkst, der muß hier der Herr sein, auf dessen Kleid das meiste Gold schimmert.

JUDITH. Nur einer kann so aussehen!

HOLOFERNES. Fänd ich den zweiten, so würd ich ihm den Kopf vor die Füße legen, denn auf mein Gesicht glaub ich allein ein Recht zu haben.

EINER DER HAUPTLEUTE (zum andern). Ein Volk, das solche Weiber hat, ist nicht zu verachten.

DER ZWEITE. Man sollte es allein der Weiber wegen bekriegen. Nun hat Holofernes einen Zeitvertreib. Vielleicht erstickt sie mit Küssen seinen ganzen Zorn.

HOLOFERNES (in ihre Betrachtung verloren). Ist's einem nicht, solange man sie anschaut, als ob man ein köstlich Bad nähme? Man wird das, was man sieht! Die reiche, große Welt ging in das Bischen ausgespannte Haut, worin wir stecken, nicht hinein; wir erhielten Augen, damit wir sie stückweise einschlucken könnten! Nur die Blinden sind elend! Ich schwör's, ich will nie wieder jemand blenden lassen. (Zu Judith.) Du liegst noch auf den Knieen? Steh auf! (Sie tut's; er setzt sich auf seinen Fürstenstuhl unter den Teppich.) Wie heißt du?

JUDITH. Ich heiße Judith.

HOLOFERNES. Fürchte dich nicht, Judith; du gefällst mir, wie mir noch keine gefiel.

JUDITH. Dies ist das Ziel aller meiner Wünsche.

HOLOFERNES. Nun sag an, warum hast du die in der Stadt verlassen und bist zu mir gekommen?

44

JUDITH. Weil ich weiß, daß dir niemand entgehen kann! Weil unser eigner Gott dir die Meinigen in die Hand geben will.

HOLOFERNES (lachend). Weil du ein Weib bist, weil du dich auf dich selbst verlässest, weil du weißt, daß Holofernes Augen hat, nicht wahr?

JUDITH. Höre mich gnädig an. Unser Gott ist erzürnt über uns, er hat längst durch seine Propheten verkündigen lassen, daß er das Volk strafen wolle um seiner Sünde willen.

HOLOFERNES. Was ist Sünde?

JUDITH (nach einer Pause). Ein Kind hat mich das einmal gefragt. Dies Kind hab ich geküßt. Was ich dir antworten soll, weiß ich nicht.

HOLOFERNES. Sprich weiter.

JUDITH. Nun stehen sie zwischen Gottes Zorn und deinem Zorn, und zittern sehr. Dazu leiden sie Hunger und müssen verschmachten vor Durst. Und ihre große Not verleitet sie zu neuem Frevel. Sie wollen das heilige Opfer essen, das auch nur anzurühren ihnen verboten ist. Es wird in ihrem Eingeweide zu Feuer werden!

HOLOFERNES. Warum ergeben sie sich nicht?

JUDITH. Sie haben nicht den Mut! Sie wissen, daß sie das Ärgste verdient haben; wie könnten sie glauben, daß Gott es von ihnen abwenden werde! (Für sich.) Ich will ihn versuchen. (Laut.) Sie gehen weiter in ihrer Angst, als du in deinem Grimm gehen kannst. Deine Rache würde mich zermalmen, wollt ich dir sagen, wie ihre Furcht den Helden und den Mann in dir zu beflecken wagt! Ich schaue zu dir empor, ich erspähe in deinem Angesicht die edlen Grenzen deines Zorns, ich finde den Punkt, über den er in seiner wildesten Flamme gar nicht hinauslodern kann. Da muß ich erröten, denn ich erinnre mich dabei, daß sie sich erfrechen, jeden Greuel von dir zu erwarten, den ein schuldiges Gewissen in feiger Selbstpeinigung nur irgend auszusinnen vermag, daß sie sich erkühnen, in dir einen Henker zu sehen, weil sie selbst des Todes würdig sind. (Sie fällt vor ihm nieder.) Auf meinen Knieen bitt ich dich wegen dieser Beleidigung meines verblendeten Volks um Vergebung.

HOLOFERNES. Was machst du? Ich will nicht, daß du vor mir knieen sollst.

JUDITH (steht auf). Sie meinen, daß du sie alle töten willst! Du lächelst, statt empört zu sein? O, ich vergaß, wer du bist! Du kennst die Gemüter der Menschen, dich kann nichts überraschen, dich reizt es nur noch zum Spott, wenn dein Bild in einem trüben Spiegel entstellt und verzerrt erscheint. Aber, dies muß ich doch zum Ruhm der Meinigen sagen: sie selbst hätten einen solchen Gedanken nimmermehr gefaßt. Sie wollten dir das Tor öffnen, da trat Achior, der Moabiter-Hauptmann, unter sie und erschreckte sie; „was wollt ihr tun", — rief er — „wißt ihr auch, daß Holofernes euch allen den Untergang geschworen hat?" Ich weiß, du hast ihm Leben und Freiheit geschenkt; du hast, weil du dich an einem Unwürdigen nicht rächen mochtest, ihn zu uns hinübergesandt, ihn großmütig in die Reihen deiner Feinde gestellt. Er dankt es dir dadurch, daß er dein Bild in Blut malt und dir jedes Herz abwendig macht. Nicht wahr, mein kleines Volk bildet sich zu viel ein, wenn es sich deines Zorns würdig dünkt? Wie könntest du hassen, die du gar nicht kanntest, die du nur zufällig auf deinem Weg antrafst und die dir nur darum nicht auswichen, weil die Angst sie erstarrte und ihnen Leben und Besinnung raubte? Und wenn wirklich etwas wie Mut sie beseelt hätte, könnte das dich reizen, von dir selbst abzufallen? Könnte Holofernes sich selbst, alles, was ihn groß und einzig macht, in andern anfeinden und verfolgen? Das ist wider die Natur und geschieht nimmermehr! (Sie sieht ihn an. Er schweigt.) O, ich möchte du sein! Nur einen Tag, nur eine Stunde! Dann wollt ich dadurch, daß ich das Schwert einsteckte, einen Triumph feiern, wie ihn noch keiner durch das Schwert gefeiert hat. Tausende zittern jetzt vor dir in jener Stadt; ihr habt mir getrotzt — würd ich ihnen zurufen — doch eben, weil ihr mich beleidigt habt, schenk ich euch das Leben; ich will mich rächen an euch, aber durch euch selbst; ich lasse euch frei ausgehen, damit ihr ganz meine Sklaven seid!

HOLOFERNES. Weib, ahnst du auch, daß du mir dies alles un-

46

möglich machst, indem du mich dazu aufforderst? Wäre der Gedanke in mir selbst aufgestiegen, vielleicht hätt ich ihn ausgeführt. Nun ist er dein und kann nimmer mein werden. Es tut mir leid, daß Achior recht behält!

JUDITH (bricht in ein wildes Gelächter aus). Vergib; gestatte mir, daß ich mich selbst verhöhne. Es sind Kinder in der Stadt, so unschuldig, daß sie lächeln werden, wenn sie das Eisen blinken sehen, das sie spießen soll. Es sind Jungfrauen in der Stadt, die vor dem Lichtstrahl zittern, der durch ihren Schleier dringen will. Ich dachte an den Tod, der diese Kinder erwartet, ich dachte an die Schmach, die diese Jungfrauen bedroht; ich malte mir das Gräßliche aus, und ich glaubte, niemand könne so stark sein, daß er vor solchen Bildern nicht zusammenschauderte. Verzeih, daß ich dir meine eigne Schwäche unterlegte!

HOLOFERNES. Du wolltest mich schmücken, und das verdient meinen Dank, wenn die Art mir auch nicht ansteht. Judith, wir müssen nicht miteinander rechten. Ich bin bestimmt, Wunden zu schlagen, du, Wunden zu heilen. Wär ich in meinem Beruf lässig, so hättest du keinen Zeitvertreib. Auch mit meinen Kriegern mußt du's nicht so genau nehmen. Leute, die heute nicht wissen, ob sie morgen noch da sind, müssen schon dreist zugreifen und sich den Magen etwas überladen, wenn sie ihren Teil von der Welt haben wollen.

JUDITH. Herr, du übertriffst mich an Weisheit ebensoweit, wie an Mut und Kraft. Ich hatte mich in mir selbst verirrt, und nur dir dank ich's, daß ich mich wieder zurechtfand. Ha, wie töricht war ich! Ich weiß, daß sie alle den Tod verdient haben, daß er ihnen längst verkündigt worden ist; ich weiß, daß der Herr, mein Gott, dir das Rächeramt übertragen hat, und dennoch werf ich mich, von erbärmlichem Mitleid überwältigt, zwischen dich und sie. Heil mir, daß deine Hand das Schwert festhielt, daß du es nicht fallen ließest, um die Tränen eines Weibes zu trocknen. Wie würden sie in ihrem Übermut bestärkt worden sein! Was bliebe ihnen noch zu fürchten, wenn Holofernes an ihnen vorüberzöge, wie ein Gewitter, das nicht zum Ausbruch kommt! Wer weiß, ob sie nicht Feigheit in deiner Großmut sehen und Spottlieder auf deine Barmherzigkeit machen würden! Jetzt sitzen sie im Sack und in der Asche und tun Buße, aber für jede Stunde der Enthaltsamkeit würden sie sich vielleicht durch einen Tag wilder Lust und Raserei entschädigen! Und all ihre Sünden würden auf meine Rechnung kommen, und ich müßte vergehen vor Reue und Scham. Nein, Herr, gedenk deines Schwurs und vertilg sie! Dies läßt der Herr, mein Gott, dir gebieten durch meinen Mund; er will dein Freund sein, wie du ihr Feind bist!

HOLOFERNES. Weib, es kommt mir vor, als ob du mit mir spieltest. Doch nein, ich beleidige mich selbst, indem ich dies für möglich halte. (Nach einer Pause.) Du klagst die Deinigen hart an.

JUDITH. Meinst du, daß es mit leichtem Herzen geschieht? Es ist die Strafe meiner eignen Sünden, daß ich sie wegen der ihrigen verklagen muß. Glaube nicht, daß ich bloß darum von ihnen geflohen bin, weil ich dem allgemeinen Untergang, den ich vor Augen sah, entgehen wollte. Wer fühlte sich so rein, daß er, wenn der Herr ein großes Gericht hält, sich ihm zu entziehen wagte? Ich kam zu dir, weil mein Gott es mir gebot. Ich soll dich nach Jerusalem führen, ich soll dir mein Volk in die Hand geben, wie eine Herde, die keinen Hirten hat. Dies hat er mir geheißen in einer Nacht, wo ich im verzweifelnden Gebet vor ihm auf den Knieen lag, wo ich tausendfaches Verderben auf dich und die Deinigen von ihm herabflehte, wo jeder meiner Gedanken dich zu umschnüren und zu erwürgen suchte. Seine Stimme erscholl und ich jauchzte hoch auf, aber er hatte mein Gebet verworfen, er sprach über mein Volk das Todesurteil, er lud auf meine Seele das Henkeramt. O, das war ein Wechsel! Ich erstarrte, aber ich gehorchte, ich verließ eilig die Stadt, und schüttelte den Staub von meinen Füßen, ich trat vor dich hin und ermahnte dich, die zu vertilgen, für deren Rettung ich kurz zuvor noch Leib und Blut geopfert hätte. Siehe, sie werden mich schmähen und meinen

48

Namen brandmarken für immer; das ist mehr, als der Tod, dennoch beharr ich und wanke nicht!

HOLOFERNES. Sie werden's nicht tun. Kann dich einer schmähen, wenn ich keinen am Leben lasse? Wahrlich, wenn dein Gott ausrichten wird, was du gesagt hast, so soll er auch mein Gott sein, und dich will ich groß machen, wie noch nie ein Weib! (Zum Kämmerer.) Führe sie in die Schatzkammer und speise sie von meinem Tisch.

JUDITH. Herr, ich darf noch nicht essen von deiner Speise, denn ich würde mich versündigen. Ich kam ja nicht zu dir, um von meinem Gott abzufallen, sondern um ihm recht zu dienen. Ich habe etwas mit mir genommen, davon will ich essen.

HOLOFERNES. Und wenn das auf ist?

JUDITH. Sei gewiß, bevor ich dies Wenige verzehren kann, wird mein Gott durch mich ausführen, was er vor hat. Auf fünf Tage hab ich genug, und in fünf Tagen bringt er's zu Ende. Noch weiß ich die Stunde nicht und mein Gott wird sie mir nicht eher sagen, als bis sie da ist. Darum gib Befehl, daß ich, ohne von den deinigen gehindert zu werden, hinausgehen darf ins Gebirg bis vor die Stadt, damit ich anbete und der Offenbarung harre.

HOLOFERNES. Die Erlaubnis hast du. Ich ließ die Schritte eines Weibes noch nie bewachen. Also in fünf Tagen, Judith!

JUDITH (wirft sich ihm zu Füßen und geht zur Tür). In fünf Tagen, Holofornes!

MIRZA (die ihr Entsetzen und ihren Abscheu längst durch Gebärden zu erkennen gab.) Verfluchte, so bist du gekommen, dein Volk zu verraten?

JUDITH. Sprich laut! Es ist gut, wenn alle hören, daß auch du an meine Worte glaubst!

MIRZA. Sag selbst, Judith, muß ich dir nicht fluchen?

JUDITH. Wohl mir! Wenn du nicht zweifelst, so kann Holofornes gewiß nicht zweifeln!

MIRZA. Du weinst?

JUDITH. Freudentränen darüber, daß ich dich täuschte. Ich schaudere vor der Kraft der Lüge in meinem Munde. (Ab.)

FÜNFTER AKT.

Abend. Das erleuchtete Zelt des Holofernes. Hinten ein Vorhang, der das Schlafgemach verdeckt.

HOLOFORNES. HAUPTLEUTE. KÄMMERER.

HOLOFERNES (zu einem der Hauptleute). Du hast gekundschaftet? Wie
steht es in der Stadt?

DER HAUPTMANN. Es ist, als ob sich alle darin selbst begraben
hätten. Diejenigen, welche die Tore bewachen, sind, wie aus dem
Grabe emporgestiegen. Auf einen legte ich an, doch bevor ich noch
abdrückte, fiel er schon von selbst tot zu Boden.

HOLOFERNES. Also Sieg ohne Krieg. Wär ich jünger, so mißfiele mir's.
Da glaubt ich mein Leben zu stehlen, wenn ich's mir nicht täglich neu
erkämpfte; was mir geschenkt wurde, meinte ich gar nicht zu besitzen.

DER HAUPTMANN. Priester sieht man stumm und ernsthaft durch
die Gassen schleichen. Lange, weiße Gewänder, wie bei uns die
Toten tragen. Hohle Augen, die den Himmel zu durchbohren suchen.
Krampf in den Fingern, wenn sie die Hände falten.

HOLOFERNES. Daß man mir solche Priester nicht tötet! Die Ver-
zweiflung in ihrem Gesicht ist mein Bundesgenosse.

DER HAUPTMANN. Wenn sie jetzt zum Himmel emporschauen, so

gilt es nicht dem Gott, den sie dort suchen, es gilt einer Regenwolke. Aber die Sonne zehrt die dünnen Wolken auf, die einen Tropfen der Erquickung versprechen, und auf die zerspringenden Lippen fällt ihr heißer Strahl. Dann ballen sich Hände, dann rollen Augen, dann zerstoßen sich Köpfe an den Mauern, daß Blut und Gehirn fließt!

HOLOFERNES. Wir sahen das öfter! (Lachend.) Haben wir doch selbst eine Hungersnot erlebt, wo der eine scheu zurückwich, wenn der andere ihn küssen wollte, aus bloßer Furcht vor einem Biß in die Backe. Halloh, bereitet das Mahl, laßt uns lustig sein! (Es geschieht.) Ist nicht morgen der fünfte Tag?

DER HAUPTMANN. Ja.

HOLOFERNES. Da wird sich's entscheiden! Übergibt sich Bethulien, wie diese Ebräerin verkündigte, kommt sie von selbst herangekrochen, die halsstarrige Stadt, und legt sich mir zu Füßen . . . .

DER HAUPTMANN. Holofernes zweifelt?

HOLOFERNES. An allem, was er nicht befehlen kann. Aber geschieht's, wie das Weib verhieß, wird mir aufgemacht, ohne daß ich mit dem Schwerte anzuklopfen brauche, dann . . . .

DER HAUPTMANN. Dann?

HOLOFERNES. Dann bekommen wir einen neuen Herrn. Wahrlich, ich habe geschworen, daß der Gott Israels, wenn er mir einen Gefallen tut, auch mein Gott sein soll, und bei allen, die schon meine Götter sind, beim Bel zu Babel und beim großen Baal, ich werd's halten! Hier, diesen Becher mit Wein bring ich ihm dar, dem Je . . Je . . (zum Kämmerer) wie sagtest du doch, daß er heiße?

KÄMMERER. Jehova.

HOLOFERNES. Laß dir das Opfer gefallen, Jehova. Ein Mann bringt's dir, und ein solcher, der es nicht nötig hätte.

DER HAUPTMANN. Und wenn Bethulien sich nicht ergibt?

HOLOFERNES. Schwur gegen Schwur. Dann laß ich den Jehova auspeitschen, und die Stadt — doch ich will meinem Zorn nicht schon jetzt die Grenze abmessen! Es heißt den Blitz schulmeistern. Was macht die Ebräerin?

51

DER HAUPTMANN. O, sie ist schön. Aber sie ist auch spröde!

HOLOFERNES. Hast du sie versucht?

DER HAUPTMANN (schweigt verlegen).

HOLOFERNES (mit wildem Blick). Du wagtest das, und wußtest, daß sie mir wohlgefällt? Nimm das, Hund! (Er haut ihn nieder.) Schafft ihn weg und führt mir das Weib her. Es ist eine Schande, daß sie unberührt unter uns Assyriern einhergeht! — (Der Körper wird fortgeschafft.) Weib ist Weib, und doch bildet man sich ein, es sei ein Unterschied. Freilich fühlt ein Mann nirgends so sehr, wie viel er wert ist, als an Weibesbrust. Ha, wenn sie seiner Umarmung entgegenzittern, im Kampf zwischen Wollust und Schamgefühl; wenn sie Miene machen, als ob sie fliehen wollten, und dann mit einmal, von ihrer Natur übermannt, an seinen Hals fliegen, wenn ihr letztes bißchen Selbständigkeit und Bewußtsein sich aufrafft und sie, da sie nicht mehr trotzen können, zum freiwilligen Entgegenkommen antreibt; wenn dann, durch verräterische Küsse in jedem Blutstropfen geweckt, ihre Begierde mit der Begierde des Mannes in die Wette läuft, und sie ihn auffordern, wo sie Widerstand leisten sollten, — ja, das ist Leben, da erfährt man's, warum die Götter sich die Mühe gaben, Menschen zu machen, da hat man ein Genügen, ein überfließendes Maß! Und vollends, wenn ihre kleine Seele noch den Moment zuvor von Haß und feigem Groll erfüllt war, wenn das Auge, das jetzt in Wonne bricht, sich finster schloß, als der Überwinder hereintrat, wenn die Hand, die jetzt schmeichelnd drückt, ihm gern Gift in den Wein gemischt hätte! Das ist ein Triumph, wie keiner mehr, und den hab ich schon oft gefeiert. Auch diese Judith — zwar ist ihr Blick freundlich, und ihre Wangen lächeln wie Sonnenschein; aber in ihrem Herzen wohnt niemand als ihr Gott, und den will ich jetzt vertreiben! In meinen Jugendtagen hab ich wohl, wenn ich einem Feind begegnete, statt mein eignes Schwert zu ziehen, ihm das seinige aus der Hand gewunden und ihn damit niedergehauen. So will ich auch diese vernichten; sie soll vor mir vergehen durch ihr eigenes Gefühl, durch die Treulosigkeit ihrer Sinne!

JUDITH (tritt mit Mirza ein). Du hast befohlen, hoher Herr, und deine Magd gehorcht.

HOLOFERNES. Setze dich, Judith, und iß und trink, denn du hast Gnade vor mir gefunden.

JUDITH. Das will ich, Herr, ich will fröhlich sein, denn ich bin mein Leben lang nicht so geehrt worden!

HOLOFERNES. Warum zögerst du?

JUDITH (schaudernd, indem sie auf das frische Blut deutet). Herr, ich bin ein Weib.

HOLOFERNES. Betrachte es recht, dies Blut. Es muß deiner Eitelkeit schmeicheln, denn es ist geflossen, weil es für dich entzündet war.

JUDITH. Wehe!

HOLOFERNES (zu dem Kämmerer). Andere Teppiche her! (Zu den Hauptleuten.) Entfernt euch!

(Die Teppiche werden gebracht. Die Hauptleute gehen ab.)

JUDITH (für sich). Mein Haar sträubt sich, aber doch dank ich dir, Gott, daß du mir den Entsetzlichen auch in dieser Gestalt zeigtest. Den Mörder kann ich leichter morden.

HOLOFERNES. Nun laß dich nieder. Du bist blaß geworden, dein Busen fliegt. Bin ich dir schrecklich?

JUDITH. Herr, du warst freundlich gegen mich!

HOLOFERNES. Sei aufrichtig, Weib.

JUDITH. Herr, du müßtest mich verachten, wenn ich —

HOLOFERNES. Nun?

JUDITH. Wenn ich dich lieben könnte.

HOLOFERNES. Weib, du wagst viel. Vergib. Du wagst nichts. Solch ein Wort hört ich noch nicht. Nimm die goldne Kette für dies Wort.

JUDITH (verlegen). Herr, ich verstehe dich nicht!

HOLOFERNES. Wehe dir, wenn du mich verstündest! Der Leu blickt ein Kind, das ihn verwegen an der Mähne zupft, weil es ihn nicht kennt, mit Freundlichkeit an. Wollte das Kind, nachdem es groß und klug geworden, dasselbe versuchen, der Leu würde es zerreißen. Setz dich zu mir, wir wollen plaudern. Sag mir, was dachtest du, als du zuerst vernahmst, daß ich mit Heeresmacht dein Vaterland bedrohte?

JUDITH. Ich dachte nichts.

HOLOFERNES. Weib, man denkt an manches, wenn man von Holofernes hört.

JUDITH. Ich dachte an den Gott meiner Väter.

HOLOFERNES. Und fluchtest mir?

JUDITH. Nein, ich hoffte, mein Gott werde es tun.

HOLOFERNES. Gib mir den ersten Kuß. (Er küßt sie.)

JUDITH (für sich). O, warum bin ich Weib!

HOLOFERNES. Und als du nun das Rollen meiner Wagen hörtest, und das Stampfen meiner Kamele und das Klirren meiner Schwerter, was dachtest du da?

JUDITH. Ich dachte, du wärest nicht der einzige Mann in der Welt und aus Israel würde einer hervorgehen, der dir gleich sei.

HOLOFERNES. Als du nun aber sahest, daß mein Name allein hinreichte, dein Volk in den Staub zu werfen, daß euer Gott das Wundertun vergaß, und daß eure Männer sich Weiberkleider wünschten —

JUDITH. Da rief ich pfui aus und verhüllte mein Angesicht, sobald ich einen Mann erblickte, und wenn ich beten wollte, so empörten sich meine Gedanken gegen mich selbst und zerfleischten sich untereinander, und ringelten sich wie Schlangen um das Bild meines Gottes herum. O, seit ich das empfand, schaudere ich vor meiner eigenen Brust; sie kommt mir vor, wie eine Höhle, in die die Sonne hineinscheint, und die dennoch in heimlichen Winkeln das schlimmste Gewürm beherbergt.

HOLOFERNES (betrachtet sie von der Seite). Wie sie glüht! Sie erinnert mich an eine Feuerkugel, die ich einst in dunkler Nacht am Himmel aufsteigen sah. Sei mir willkommen, Wollust, an den Flammen des Hasses ausgekocht! Küsse mich, Judith (sie tut's). Ihre Lippen bohren sich ein wie Blutigel, und sind doch kalt. Trink Wein, Judith. Im Wein ist alles, was uns fehlt!

54

JUDITH (trinkt, nachdem ihr Mirza eingeschenkt hat). Ja, im Wein ist Mut, Mut!

HOLOFERNES. Also Mut bedarfst du, um mit mir an meiner Tafel zu sitzen, um meine Blicke auszuhalten und meinen Küssen entgegenzukommen? Armes Geschöpf!

JUDITH. O du — (Sich fassend.) Vergib. (Sie weint.)

HOLOFERNES. Judith, ich schaue in dein Herz hinein. Du hassest mich. Gib mir deine Hand und erzähle mir von deinem Haß!

JUDITH. Meine Hand? O Hohn, der die Axt an die Wurzeln meiner Menschheit legt!

HOLOFERNES. Wahrlich, wahrlich, dies Weib ist begehrenswert!

JUDITH. Spring auf, mein Herz! Halte nichts mehr zurück! (Sie richtet sich auf.) Ja, ich hasse dich, ich verfluche dich, und ich muß es dir sagen, du mußt wissen, wie ich dich hasse, wie ich dich verfluche, wenn ich nicht wahnsinnig werden soll! Nun töte mich!

HOLOFERNES. Dich töten? morgen vielleicht; heute wollen wir erst miteinander zu Bett gehen.

JUDITH (für sich). Wie ist mir auf einmal so leicht! Nun darf ich's tun!

KÄMMERER (tritt ein). Herr, ein Ebräer harret draußen vor dem Zelt. Er bittet dringend vor dich gelassen zu werden. Dinge von höchster Wichtigkeit — — —

HOLOFERNES (erhebt sich). Vom Feind? Führ ihn herein! (Zu Judith.) Ob sie sich ergeben wollen? Dann nenne mir doch schnell die Namen deiner Vettern und Freunde! Die will ich verschonen!

EPHRAIM (stürzt ihm zu Füßen). Herr, sicherst du mir mein Leben?

HOLOFERNES. Ich sichre es dir!

EPHRAIM. Wohlan! (Nähert sich ihm, zieht rasch sein Schwert und haut nach ihm. Holofernes weicht aus.)

KÄMMERER (tritt hastig herein). Schurk, ich will dir zeigen, wie man Männer niederhaut! (Will Ephraim niederhauen.)

HOLOFERNES. Halt!

EPHRAIM (will sich selbst in sein Schwert stürzen). Das sah Judith! Ewige Schande über mich!

HOLOFERNES (verhindert ihn). Untersteh dich's nicht zum zweitenmal! Willst du mir das Halten meines Worts unmöglich machen? Ich sicherte dir dein Leben, ich muß dich also auch gegen dich selbst schützen! Ergreift ihn! Ist nicht mein Lieblingsaffe verreckt? Steckt ihn in dessen Käfig und lehrt ihn die Kunststücke seines schnurrigen Vorgängers. Der Mensch ist eine Merkwürdigkeit, er ist der einzige der sich berühmen kann, nach dem Holofernes gehauen zu haben und mit heiler Haut davongekommen zu sein. Ich will ihn bei Hofe zeigen! (Kämmerer mit Ephraim ab.) (Zu Judith.) Gibt's viele Schlangen in Bethulien?

JUDITH. Nein, aber manchen Rasenden.

HOLOFERNES. Den Holofernes töten; auslöschen den Blitz, der mit dem Weltbrande droht; eine Unsterblichkeit im Keim erdrücken, einen kühnen Anfang ›zum großmauligten Prahler machen, indem man ihn um sein Ende verkürzt, — o, das mag verlockend sein! Das heißt eingreifen in die Zügel des Geschicks! Dazu könnt ich mich selbst verführen lassen, wenn ich nicht wäre, der ich bin! Aber das Große auf kleine Weise tun wollen, dem Löwen erst ein Netz aus seinem eignen Edelmut spinnen und ihm dann mit dem Mord auf den Leib rücken, die Tat wagen und die Gefahr feig und klug vorher abkaufen: nicht wahr, Judith, das heißt Götter machen aus Dreck, dazu wirst du doch pfui! sagen müssen, und wenn's dein bester Freund gegen deinen ärgsten Feind versucht?

JUDITH. Du bist groß und andere sind klein. (Leise.) Gott meiner Väter, schütze mich vor mir selbst, daß ich nicht verehren muß, was ich verabscheue! Er ist ein Mann.

HOLOFERNES (zum Kämmerer). Bereite mir das Lager! (Kämmerer ab.) Siehe, Weib, diese meine Arme sind bis an die Ellenbogen in Blut getaucht, jeder meiner Gedanken gebiert Greuel und Verwüstung, mein Wort ist Tod; die Welt kommt mir jämmerlich vor, mir däucht, ich bin geboren, sie zu zerstören, damit was Besseres kommen kann. Die Menschen verfluchen mich, aber ihr Fluch haftet nicht an meiner Seele, sie rührt ihre Schwingen und schüttelt ihn ab, wie ein Nichts; ich muß also wohl im Recht sein. „O, Holofernes, du weißt nicht, wie das tut!" ächzte einmal einer, den ich auf glühendem Rost braten

56

ließ. „Ich weiß das wirklich nicht“, sagte ich und legte mich an seine Seite. Bewundere das nicht, es war eine Torheit.

JUDITH (für sich). Hör auf, hör auf! Ich muß ihn morden, wenn ich nicht vor ihm knieen soll.

HOLOFERNES. Kraft! Kraft! Das ist's. Er komme, der sich mir entgegenstellt, der mich darnieder wirft. Ich sehne mich nach ihm! Es ist öde, nichts ehren können als sich selbst. Er mag mich im Mörser zerstampfen und, wenn's ihm so gefällt, mit dem Brei das Loch ausfüllen, das ich in die Welt riß. Ich bohre tiefer und immer tiefer mit meinem Schwert; wenn das Zetergeschrei den Retter nicht weckt, so ist keiner da. Der Orkan durchsaust die Lüfte, er will seinen Bruder kennen lernen. Aber die Eichen, die ihm zu trotzen scheinen, entwurzelt er, die Türme stürzt er um und den Erdball hebt er aus den Angeln. Da wird's ihm klar, daß es seinesgleichen nicht gibt, und vor Ekel schläft er ein. Ob Nebukadnezar mein Bruder ist? Mein Herr ist er ganz gewiß. Vielleicht wirft er meinen Kopf noch einmal den Hunden vor. Wohl bekomm ihnen die Speise. Vielleicht füttre ich mit seinen Eingeweiden noch einmal die Tiger Assyriens. Dann — ja dann weiß ich, daß ich das Maß der Menschheit bin, und eine Ewigkeit hindurch stehe ich vor ihrem schwindelnden Auge als unerreichbare, Schrecken umgürtete Gottheit! O, der letzte Moment, der letzte! wäre er doch schon da! „Kommt her, alle, denen ich wehe tat“, — ruf ich aus, — „ihr, die ich verstümmelte, ihr, denen ich die Weiber aus den Armen und die Töchter von der Seite riß, kommt, und ersinnt Qualen für mich! Zapft mir mein Blut ab, und laßt mich's trinken, schneidet mir Fleisch aus den Lenden, und gebt mir's zu essen!“ Und wenn sie das Ärgste mir getan zu haben glauben, und ich ihnen doch noch etwas Ärgeres nenne, und sie freundlich bitte, es mir nicht zu versagen, wenn sie mit grausendem Erstaunen umherstehen und ich sie, trotz all meiner Pein, in Tod und Wahnsinn hineinlächle: dann donnre ich ihnen zu: Kniet nieder, denn ich bin euer Gott, und schließe Lippen und Augen und sterbe still und geheim.

JUDITH (zitternd). Und wenn der Himmel seinen Blitz nach dir wirft, um dich zu zerschmettern?

HOLOFERNES. Dann reck ich die Hand aus, als ob ich selbst es ihm gebote, und der Todesstrahl umkleidet mich mit düstrer Majestät.

JUDITH. Ungeheuer! Grauenvoll! Meine Empfindungen und Gedanken fliegen durcheinander, wie dürre Blätter. Mensch, entsetzlicher, du drängst dich zwischen mich und meinen Gott! Ich muß beten in diesem Augenblick, und kann's nicht!

HOLOFERNES. Stürz hin und bete mich an!

JUDITH. Ha, nun seh ich wieder klar! Dich? Du trotzest auf deine Kraft. Ahnst du denn gar nicht, daß sie sich verwandelt hat? daß sie dein Feind geworden ist?

HOLOFERNES. Ich freue mich, etwas neues zu hören.

JUDITH. Du glaubst, sie sei da, um gegen die Welt Sturm zu laufen; wie, wenn sie da wäre, um dich selbst zu beherrschen? Du aber hast sie zum Futter deiner Leidenschaft gemacht, du bist der Reiter, den seine Rosse verzehren.

HOLOFERNES. Ja, ja, die Kraft ist zum Selbstmord berufen, so spricht die Weisheit, die keine Kraft ist. Kämpfen mit mir selbst, aus meinem linken Bein den Knochen machen, über den das rechte stolpert, damit es nur ja den benachbarten Ameisenhaufen nicht zertrete. Jener Narr in der Wüste, der mit seinem Schatten focht, und der, als die Nacht hereinbrach, ausrief: „nun bin ich geschlagen, nun ist mein Feind so groß, wie die Welt", — jener Narr war eigentlich sehr gescheit, nicht wahr? O, zeigt mir doch das Feuer, das sich selbst ausgießt! Findet ihr's nicht? So zeigt mir das, das sich durch sich selbst ernährt! Findet ihr's auch nicht? So sagt mir, steht dem Baum, den es verzehrt, der Richterspruch über das Feuer zu?

JUDITH. Ich weiß nicht, ob man dir was antworten kann. Wo der Sitz meiner Gedanken war, da ist jetzt Öde und Finsternis. Selbst mein Herz versteh ich nicht mehr.

HOLOFERNES. Du hast ein Recht, über mich zu lachen. Man muß einem Weibe so etwas nicht begreiflich machen wollen.

58

JUDITH. Lerne das Weib achten! Es steht vor dir, um dich zu ermorden! Und es sagt dir das!

HOLOFERNES. Und es sagt mir das, um sich die Tat unmöglich zu machen! O Feigheit, die sich für Größe hält! Doch du willst's auch wohl nur, weil ich nicht mit dir zu Bette gehe! Um mich vor dir zu schützen, brauch ich dir bloß ein Kind zu machen!

JUDITH. Du kennst kein ebräisch Weib! Du kennst nur Kreaturen, die sich in ihrer tiefsten Erniedrigung am glücklichsten fühlen.

HOLOFERNES. Komm, Judith, ich will dich kennen lernen! Sträube dich immerhin noch ein wenig, ich will dir selbst sagen, wie lange. Noch einen Becher! (Er trinkt.) Nun stell das Sträuben ein, es ist genug! — (Zum Kämmerer.) Fort mit dir! Und wer mich in dieser Nacht stört, den kostet's den Kopf! (Er führt Judith mit Gewalt ab.)

JUDITH (im Abgehen). Ich muß — ich will — pfui über mich in Zeit und Ewigkeit, wenn ich nicht kann!

KÄMMERER (zu Mirza). Du willst hier bleiben?

MIRZA. Ich muß meiner Gebieterin warten!

KÄMMERER. Warum bist du nicht ein Weib, wie Judith? Dann könnt ich ebenso glücklich sein, wie mein Herr!

MIRZA. Warum bist du nicht ein Mann, wie Holofernes?

KÄMMERER. Ich bin, der ich bin, damit Holefernes seine Bequemlichkeit habe. Damit der große Held sich nicht selbst die Speisen aufzutragen und den Wein einzuschenken braucht. Damit er einen hat, der ihn zu Bett bringt, wenn er betrunken ist. Nun aber gib auch du mir Antwort. Wozu sind die häßlichen Weiber in der Welt?

MIRZA. Damit ein Narr sie verspotten kann.

KÄMMERER. Ja wohl, und damit man ihnen bei Licht ins Gesicht speie, wenn man das Unglück hatte, sie im Dunkeln zu küssen. Holofernes hat einmal ein Weib, das zur ungelegenen Zeit vor ihn trat, niederhauen, weil er es nicht schön genug fand. Der trifft immer das rechte. Verkriech dich in eine Ecke, ebräische Spinne, und sei still! (Er geht ab.)

MIRZA (allein). Still! Ja, still! Ich glaube, dort (sie deutet auf das Schlafgemach) wird jemand ermordet; ich weiß nicht, ob Holofernes oder Judith! Still! still! Ich stand einmal an einem Wasser, und sah, wie ein Mensch darin ertrank. Die Angst trieb mich, ihm nachzuspringen; die Angst hielt mich wieder zurück. Da schrie ich, so laut ich konnte, und ich schrie nur, um (sein Schreien) nicht zu hören. So red ich jetzt! O Judith! Judith! Als du zum Holofernes kamst und ihm mit einer Verstellung, die ich nicht faßte, dein Volk in die Hände zu liefern versprachst, da hielt ich dich einen Augenblick für eine Verräterin. Ich tat dir unrecht, und ich fühlte es gleich. O, möchte ich dir auch jetzt unrecht tun! Möchten deine halben Worte, deine Blicke und Gebärden mich auch jetzt täuschen, wie damals! Ich habe keinen Mut, ich fürchte mich sehr; aber nicht die Furcht spricht jetzt aus mir, nicht die Angst vor dem Mißlingen. Ein Weib soll Männer gebären, nimmermehr soll sie Männer töten!

JUDITH (stürzt, mit aufgelöstem Haar, schwankend herein. Ein zweiter Vorhang wird zurückgeschlagen. Man sieht den Holofernes schlafen. Zu seinen Häupten hängt sein Schwert). Es ist hier zu hell, zu hell! Lösch die Lichter, Mirza, sie sind unverschämt!

MIRZA (aufjauchzend). Sie lebt und er lebt! — (Zu Judith.) Wie ist dir, Judith? Deine Wangen glühen, als wollte das Blut herausspringen! Dein Auge blickt scheu!

JUDITH. Sieh mich nicht an, Mädchen! Niemand soll mich ansehen! (Sie schwankt.)

MIRZA. Lehne dich an mich, du schwankst!

JUDITH. Wie, ich wäre so schwach? Fort von mir! Ich kann stehen, o, ich kann noch mehr, als stehen, ich kann unendlich viel mehr!

MIRZA. Komm, laß uns fliehen von hier!

JUDITH. Was? Bist du in seinem Solde? Daß er mich mit sich fortzerrte, daß er mich zu sich riß auf sein schändliches Lager, daß er meine Seele erstickte, alles dies duldetest du? Und nun ich mich bezahlt machen will für die Vernichtung, die ich in seinen Armen empfand, nun ich mich rächen will für den rohen Griff in meine Menschheit hinein, nun ich mit seinem Herzblut die entehrenden

Küsse, die noch auf meinen Lippen brennen, abwaschen will, nun errötest du nicht, mich fortzuziehen?

MIRZA. Unglückliche, was sinnst du?

JUDITH. Elendes Geschöpf, das weißt du nicht? Das sagt dir dein Herz nicht? Mord sinne ich! — (Da Mirza zurücktritt.) Gibt's denn noch eine Wahl? — Sag mir das, Mirza. Ich wähle den Mord nicht, wenn ich — Was red ich da! Sprich kein Wort mehr, Magd! Die Welt dreht sich um mich.

MIRZA. Komm!

JUDITH. Nimmermehr! Ich will dir deine Pflicht lehren! Sieh, Mirza, ich bin ein Weib! O, ich sollte das jetzt nicht fühlen! Höre mich, und tu, warum ich dich bitte. Wenn meine Kraft mich verlassen, wenn ich ohnmächtig hinsinken sollte, dann bespritz mich nicht mit Wasser. Das hilft nicht. Ruf mir ins Ohr: Du bist eine Hure! Dann spring ich auf, vielleicht pack ich dich und will dich würgen. Dann erschrick nicht, sondern ruf mir zu: Holofernes hat dich zur Hure gemacht und Holofernes lebt noch! O, Mirza, dann werd ich ein Held sein, ein Held, wie Holofernes!

MIRZA. Deine Gedanken wachsen über dich hinaus!

JUDITH. Du verstehst mich nicht! Aber du mußt, du sollst mich verstehen. Mirza, du bist ein Mädchen. Laß mich hineinleuchten in das Heiligtum deiner Mädchenseele. Ein Mädchen ist ein törichtes Wesen, das vor seinen eigenen Träumen zittert, weil ein Traum es tödlich verletzen kann, und das doch nur von der Hoffnung lebt, nicht ewig ein Mädchen zu bleiben. Für ein Mädchen gibt es keinen größeren Moment, als den, wo es aufhört, eins zu sein, und jede Wallung des Bluts, die es vorher bekämpfte, jeder Seufzer, den es erstickte, erhöht den Wert des Opfers, das es in jenem Moment zu bringen hat. Es bringt sein Alles, — ist es ein zu stolzes Verlangen, wenn es durch sein Alles Entzücken und Seligkeit einflößen will? Mirza, hörst du mich?

MIRZA. Wie sollt ich dich nicht hören!

JUDITH. Nun denk es dir in seiner ganzen nackten Entsetzlichkeit,

nun mal es dir aus bis zu dem Punkt, wo die Scham sich mit auf-
gehobenen Händen zwischen dich und deine Vorstellungen wirft, und
wo du deine Welt verfluchst, in der das Ungeheuerste möglich ist!
MIRZA. Was denn? Was soll ich mir ausmalen?
JUDITH. Was du dir ausmalen sollst? Dich selbst in deiner tiefsten
Erniedrigung — den Augenblick, wo du an Leib und Seel ausgekeltert
wirst, um an die Stelle des gemißbrauchten Weins zu treten und einen
gemeinen Rausch mit einem noch gemeineren schließen zu helfen, —
wo die einschlafende Begier von deinen eigenen Lippen soviel Feuer
borgt, als sie braucht, um an deinem Heiligsten den Mord zu vollziehen,
— wo deine Sinne selbst, wie betrunken gemachte Sklaven, die ihren
Herrn nicht mehr kennen, gegen dich aufstehen, -- wo du anfängst,
dein ganzes voriges Leben, all dein Denken und Empfinden, für eine
bloße hochmütige Träumerei zu halten, und deine Schande für dein
wahres Sein!
MIRZA, Wohl mir, daß ich nicht schön bin!
JUDITH. Das übersah ich, als ich hierher kam. Aber, wie sichtbar
trat es mir entgegen, als ich (sie zeigt auf die Kammer) dort einging, als
mein erster Blick auf das bereitete Lager fiel. Auf die Knie warf ich
mich nieder vor dem Gräßlichen und stöhnte: verschone mich! Hätte
er auf den Angstschrei meiner Seele gehört, nimmer, nimmer würd ich
ihn — — doch, seine Antwort war, daß er mir das Brusttuch abriß
und meine Brüste pries. In die Lippen biß ich ihn, als er mich küßte.
„Mäßige deine Glut! du gehst zu weit!" hohnlachte er und — o, mein
Bewußtsein wollte mich verlassen, ich war nur noch ein Krampf, da
blinkte mir was Glänzendes ins Auge. Es war sein Schwert. An dies
Schwert klammerten sich meine schwindelnden Gedanken an, und hab
ich in meiner Entwürdigung das Recht des Daseins eingebüßt: mit diesem
Schwert will ich's mir wieder erkämpfen! Bete für mich! jetzt tu ich's!
(Sie stürzt in die Kammer und langt das Schwert herunter.)
MIRZA (auf den Knieen). Weck ihn auf, Gott!
JUDITH (sinkt in die Knie). O Mirza, was betest du?
MIRZA (erhebt sich wieder.) Gott sei gelobt, sie kann's nicht!

JUDITH. Nicht wahr, Mirza, der Schlaf ist Gott selbst, der die müden Menschen umarmt; wer schläft, muß sicher sein! (sie erhebt sich und betrachtet Holofernes). Und er schläft ruhig, er ahnt nicht, daß der Mord sein eignes Schwert wider ihn zückt. Er schläft ruhig — ha, feiges Weib, was dich empören sollte, macht dich mitleidig? Dieser ruhige Schlaf nach einer solchen Stunde, ist er nicht der ärgste Frevel? Bin ich denn ein Wurm, daß man mich zertreten, und als ob nichts geschehen wäre, ruhig einschlafen darf? Ich bin kein Wurm. (Sie zieht das Schwert aus der Scheide.) Er lächelt. Ich kenn es, dies Höllenlächeln, so lächelte er, als er mich zu sich niederzog, als er — — Töt ihn; Judith, er entehrt dich zum zweitenmal in seinem Traum, sein Schlaf ist nichts, als ein hündisches Wiederkauen deiner Schmach. Er regt sich. Willst du zögern, bis die wieder hungrige Begier ihn weckt, bis er dich abermals ergreift, und — (sie haut Holofernes' Haupt herunter). Siehst du, Mirza, da liegt sein Haupt! Ha, Holofernes, achtest du mich jetzt?
MIRZA (wird ohnmächtig). Halte mich!
JUDITH (von Schauern geschüttelt). Sie wird ohnmächtig — ist denn meine Tat ein Greuel, daß sie dieser hier das Blut in den Adern erstarren macht und sie wie tot danieder wirft? (Heftig.) Wach auf aus deiner Ohnmacht, Törin, deine Ohnmacht klagt mich an, und das duld ich nicht!
MIRZA (erwachend). Wirf doch ein Tuch darüber!
JUDITH. Sei stark, Mirza, ich flehe dich! sei stark! Jeder deiner Schauer kostet mich einen Teil meiner selbst; dies dein Zurückschwindeln, dies grausame Abwenden deiner Blicke, dies Erblassen deines Gesichts könnte mir einreden, ich habe das Unmenschliche getan und dann müßt ich ja mich selbst . . . (sie greift nach dem Schwert).
MIRZA (wirft sich ihr an die Brust).
JUDITH. Juble, mein Herz, Mirza kann mich noch umarmen! Aber weh mir, sie flüchtet sich wohl nur an meine Brust, weil sie den Toten nicht ansehen kann, weil sie vor der zweiten Ohnmacht zittert. Oder kostet dich die Umarmung die zweite Ohnmacht? (Stößt sie von sich.)

63

MIRZA. Du tust mir weh! und dir noch mehr!

JUDITH (faßt ihre Hand, sanft). Nicht wahr, Mirza, wenn's ein Greuel wäre, wenn ich wirklich gefrevelt hätte, du würdest mich das ja nicht fühlen lassen; du würdest ja, und wollt ich selbst über mich zu Gericht sitzen und mich verdammen, freundlich zu mir sagen: du tust dir unrecht, es war eine Heldentat!

MIRZA (schweigt).

JUDITH. Ha! bild dir nur nicht ein, daß ich schon als Bettlerin vor dir stehe, daß ich mich schon verdammt habe, und von dir die Begnadigung erwarte. Es ist eine Heldentat, denn jener war Holofernes und ich — ich bin ein Ding, wie du! Es ist mehr, als eine Heldentat! ich möchte den Helden sehen, den seine größte Tat nur halb soviel gekostet hat, wie mich die meinige.

MIRZA. Du sprachst von Rache. Eines muß ich dich fragen. Warum kamst du im Glanz deiner Schönheit in dies Heidenlager? Hättest du es nie betreten, du hättest nichts zu rächen gehabt!

JUDITH. Warum ich kam? Das Elend meines Volks peitschte mich hierher, die dräuende Hungersnot, der Gedanke an jene Mutter, die sich ihren Puls aufriß, um ihr verschmachtendes Kind zu tränken. O, nun bin ich wieder mit mir ausgesöhnt. Dies alles hatt ich über mich selbst vergessen!

MIRZA. Du hattest es vergessen. Das also war's nicht, was dich trieb, als du deine Hand in Blut tauchtest!

JUDITH (langsam vernichtet). Nein, — nein, — du hast recht, — das war's nicht, — nichts trieb mich, als der Gedanke an mich selbst. O, hier ist ein Wirbel! Mein Volk ist erlöst, doch wenn ein Stein den Holofernes zerschmettert hätte — es wäre dem Stein mehr Dank schuldig, als jetzt mir! Dank? Wer will den? Aber jetzt muß ich meine Tat allein tragen und sie zermalmt mich!

MIRZA. Holofernes hat dich umarmt. Wenn du ihm einen Sohn gebierst: was willst du antworten, wenn er dich nach seinem Vater fragt?

JUDITH. O, Mirza, ich muß sterben, und ich will's. Ha! ich will

durch das schlafende Lager eilen, ich will das Haupt des Holofernes emporheben, ich will meinen Mord ausschreien, daß Tausende aufstehen und mich in Stücke zerreißen! (Will fort.)

MIRZA (ruhig). Dann zerreißen sie auch mich.

JUDITH (bleibt stehen). Was soll ich tun! Mein Hirn löst sich in Rauch auf, mein Herz ist wie eine Todeswunde. Und doch kann ich nichts denken, als mich selbst. Wär das doch anders! Ich fühl mich wie ein Auge, das nach innen gerichtet ist. Und wie ich mich so scharf betrachte, werd ich kleiner, immer kleiner, noch kleiner, ich muß aufhören, sonst verschwind ich ganz in's Nichts.

MIRZA (aufhorchend). Gott, man kommt!

JUDITH (verwirrt.) Ruhig! Ruhig! Es kann niemand kommen! Ich hab die Welt ins Herz gestochen (lachend), und ich traf sie gut! Sie soll wohl stehen bleiben! Was Gott nur dazu sagt, wenn er morgen früh herunterschaut und sieht, daß die Sonne nicht mehr gehen kann und daß die Sterne lahm geworden sind. Ob er mich strafen wird? O nein, ich bin ja die einzige, die noch lebt; wo käme wieder Leben her? wie könnt er mich töten?

MIRZA. Judith!

JUDITH. Au, mein Name tut mir weh!

MIRZA. Judith!

JUDITH (unwillig). Laß mich schlafen! Träume sind Träume! Ist's nicht lächerlich? Ich könnte jetzt weinen! Hätt ich nur einen, der mir sagte, warum.

MIRZA. Es ist aus mit ihr! Judith, du bist ein Kind!

JUDITH. Ja wohl, Gott Lob. Denk dir nur, das wußt ich nicht mehr, ich hatte mich ordentlich in die Vernunft hineingespielt, wie in einem Kerker, und es war hinter mir zugefallen, schrecklich, fest, wie eine eherne Tür (Lachend). Nicht wahr, ich bin morgen noch nicht alt, und übermorgen auch noch nicht! Komm, wir wollen wieder spielen, aber was besseres. Eben war ich ein böses Weib, das einen umgebracht hatte! Hu! Sag mir, was ich nun sein soll!

MIRZA (abgewandt). Gott! Sie wird wahnsinnig.

JUDITH. Sag mir, was ich sein soll! Schnell! Schnell! Sonst werd ich wieder, was ich war.

MIRZA (deutet auf Holofernes). Sieh!

JUDITH. Meinst du, daß ich's nicht mehr weiß? O doch! doch! Ich bettle ja bloß um den Wahnsinn, aber es dämmert nur hin und wieder ein wenig in mir, finster wird's nicht. In meinem Kopf sind tausend Maulwurfslöcher, doch sie sind alle für meinen großen dicken Verstand zu klein, er sucht umsonst, hinein zu kriechen.

MIRZA (in höchster Angst). Der Morgen ist nicht mehr fern; sie martern mich und dich zu Tode, wenn sie uns hier finden; sie reißen uns Glied nach Glied ab.

JUDITH. Glaubst du wirklich, daß man sterben kann? Ich weiß wohl, daß alle das glauben und daß man's glauben soll. Sonst glaubt ich's auch, jetzt scheint mir der Tod ein Unding, eine Unmöglichkeit. Sterben! Ha! Was jetzt in mir nagt, wird ewig nagen, das ist nicht wie Zahnweh oder ein Fieber, es ist schon eins mit mir selbst, und es reicht aus für immer. O, man lernt was im Schmerz. (Sie deutet auf Holofernes.) Auch der ist nicht tot! Wer weiß, ob nicht er es ist, der mir dies alles sagt, ob er sich nicht dadurch an mir rächt, daß er meinen schaudernden Geist mit dem Geheimnis seiner Unsterblichkeit bekannt macht!

MIRZA. Judith, hab Erbarmen und komm!

JUDITH. Ja, ja, ich bitte dich, Mirza, sag du mir immer, was ich tun soll, ich hab eine Angst, noch selbst etwas zu tun.

MIRZA. So folge mir.

JUDITH. Ach, du mußt aber das Wichtigste nicht vergessen. Steck den Kopf dort in den Sack, den laß ich hier nicht zurück. Du willst nicht? Dann geh ich keinen Schritt! (Mirza tut's mit Schaudern.) Sieh, der Kopf ist mein Eigentum, den muß ich mitbringen, damit man mir's in Bethulien glaubt, daß ich — — weh, weh, man wird mich rühmen und preisen, wenn ich's nun verkünde, und noch einmal wehe, mir ist, als hätt ich auch daran vorher gedacht?

MIRZA (will gehen). Jetzt?

66

JUDITH. Mir wird's hell. Hör Mirza, ich will sagen, du hast's getan!
MIRZA. Ich?
JUDITH. Ja, Mirza! ich will sagen, mir sei in der Stunde der Entscheidung der Mut abtrünnig geworden, aber über dich sei der Geist des Herrn gekommen und du habest dein Volk von seinem größten Widersacher erlöst. Dann wird man mich verachten, wie ein Werkzeug, das der Herr verworfen hat und dir wird Preis und Lobgesang in Israel.
MIRZA. Nimmermehr.
JUDITH. O, du hast Recht! Es war Feigheit. Ihr Jubelruf, ihr Cymbelklang und Paukenschall wird mich zerschmettern, und dann hab ich meinen Lohn. Komm! (Beide ab.)

(Die Stadt Bethulien, wie im dritten Akt. Öffentlicher Platz mit Aussicht auf das Tor. Wachen am Tor. Viel Volk, liegend und stehend, in mannigfaltigen Gruppen. Es wird Morgen.)

ZWEI PRIESTER (von einer Gruppe Weiber, Mütter usw. umringt).
EIN WEIB. Habt ihr uns betrogen, als ihr sagtet, daß unser Gott allmächtig sei? Ist er wie ein Mensch, daß er nicht halten kann, was er verspricht?
PRIESTER. Er ist allmächtig. Aber ihr selbst habt ihm die Hände gebunden. Er darf euch nur helfen wie ihr's verdient.
WEIBER. Wehe, wehe, was wird mit uns geschehn!
PRIESTER. Sehet hinter euch, dann wisset ihr, was vor euch steht!
EINE MUTTER. Kann eine Mutter sich so versündigen, daß ihr unschuldiges Kind verdursten muß? (Hält ihr Kind empor.)
PRIESTER. Die Rache hat keine Grenzen, denn die Sünde hat keine.
MUTTER. Ich sage dir, Priester, eine Mutter kann sich nicht so versündigen! In ihrem Schoß mag der Herr, wenn er zürnt, ihr Kind noch ersticken; ist's geboren, so soll's leben. Darum gebären wir, daß wir unser Selbst doppelt haben, daß wir's im Kinde, wo es uns rein und heilig anlacht, lieben können, wenn wir's in uns hassen und verachten müssen.
PRIESTER. Du schmeichelst dir! Gott läßt dich gebären, damit er

67

dich in deinem Fleisch und Blut züchtigen, dich noch übers Grab hinaus verfolgen kann!

DER ZWEITE PRIESTER (zum ersten). Gibt's nicht schon genug Verzweifelte in der Stadt?

ERSTER PRIESTER. Willst du müßig sein, da du säen solltest? Treib deine Wurzel, da der Boden locker ist!

MUTTER. Mein Kind soll nicht für mich leiden. Nimm's hin! ich will mich in meine Kammer verschließen und mich auf all meine Sünden besinnen und mir für jede eine zweifache Marter antun; ich will mich peinigen, bis ich sterbe, oder bis Gott selbst vom Himmel herunter ruft: hör auf!

ZWEITER PRIESTER. Behalt dein Kind und pfleg's. Das will der Herr, dein Gott!

DIE MUTTER (drückt es an die Brust). Ja, ich will es so lange ansehen, bis es bleich wird, bis sein Wimmern in sich selbst erstickt und sein Atem stockt; ich will keinen Blick von ihm verwenden, sogar dann nicht, wenn die Qual sein Kindesauge vor der Zeit klug macht, und es mich wie ein Abgrund von Elend daraus anschauert. Ich will's tun, um zu büßen wie keine. Aber wenn es nun noch klüger wird und nach oben blickt und die Hände ballt?

ERSTER PRIESTER. Dann sollst du sie falten! Und sollst mit Schaudern erkennen, daß auch ein Kind sich gegen Gott empören kann.

DIE MUTTER. Moses' Stab schlug an den Felsen und ein kühler Quell sprang hervor. Das war ein Fels! (Schlägt sich an die Brust.) Verfluchte Brust, was bist du? Von innen drängt die glühendste Liebe; von außen pressen dich heiße, unschuldige Lippen, doch gibst du keinen Tropfen! Tu's tu's! Saug mir jede Ader aus und gib dem Wurm noch einmal zu trinken!

ZWEITER PRIESTER (zum ersten). Rührt's dich nicht?

ERSTER PRIESTER. Ja. Aber ich sehe in der Rührung immer nur eine Versuchung zur Untreue an mir selbst und unterdrücke sie. Bei dir löst sich der Mann in Wasser auf, du kannst ihn im Schnupftuch auffangen, oder ein Veilchen damit erquicken.

ZWEITER PRIESTER. Tränen, von denen man selbst nichts weiß, sind erlaubt.

EIN ANDERES WEIB (auf die Mutter deutend). Hast du keinen Trost für die?

ERSTER PRIESTER (kalt). Nein!

DAS WEIB. Dann sitzt dein Gott nirgends, als auf deinen Lippen!

ERSTER PRIESTER. Dies Wort allein verdient, daß Bethulien dem Holofernes in die Hände fällt. Dir auf die Seele wälz ich den Untergang der Stadt. Du fragst, warum die leidet? Weil du ihre Schwester bist! (Gehen vorüber.)

(ZWEI BÜRGER, die den Auftritt ansahen, treten hervor.)

ERSTER. Durch mein eignes Leid hindurch fühl ich dieses Weibes Leid. O, es ist entsetzlich!

ZWEITER. Es ist das Entsetzlichste noch nicht! Das tritt erst dann ein, wenn es dieser Mutter einfällt, daß sie ihr Kind essen kann! (Er schlägt sich vor die Stirn.) Ich fürchte, meinem Weibe ist das schon eingefallen.

ERSTER. Du rasest!

ZWEITER. Um sie nicht totschlagen zu müssen, bin ich aus dem Hause geflohen. Lüg nicht! Ich rannte fort, weil mich's schauderte vor der unmenschlichen Speise, nach der sie lüstern schien und weil ich mich doch fürchtete, daß ich mitessen könnte. Unser Söhnlein lag im Verscheiden; sie, in ungeheurem Jammer, war zu Boden gestürzt. Auf einmal erhob sie sich und sagte, leise, leise: „Ist's denn ein Unglück, daß der Knabe stirbt?" Dann beugte sie sich zu ihm nieder und murmelte, wie unwillig: „Noch ist Leben in ihm!" Mir ward's gräßlich klar; sie sah in ihrem Kinde nur noch ein Stück Fleisch.

ERSTER. Ich könnte hingehen, und dein Weib niederstechen, ob sie gleich meine Schwester ist!

ZWEITER. Da kämst zu früh oder zu spät. Wenn sie sich nicht tötete, bevor sie aß, so tat sie's gewiß, als sie gegessen hatte.

EIN DRITTER BÜRGER (tritt hinzu). Vielleicht kommt uns noch Rettung. Heut ist der Tag, an welchem Judith wiederkehren wollte!

ZWEITER. Jetzt noch Rettung? Jetzt noch? Gott! Gott! Ich widerrufe alle meine Gebete! Daß du sie erhören könntest, nun es zu spät ist, das ist ein Gedanke, den ich noch nicht dachte, den ich nicht ertrage. Ich will dich rühmen und preisen, wenn du deine Unendlichkeit auch am wachsenden Elend dartun, wenn du meinen starrenden Geist über sein Maß hinaustreiben, wenn du einen Greuel vor mein Auge stellen kannst, der mich die Greuel, die ich schon erblickte, vergessen und verlachen macht. Aber ich werde dich verfluchen, wenn du nun noch zwischen mich und mein Grab trittst, wenn ich Weib und Kind begraben, und sie mit Erde, statt mit dem Lehm und Moder meines eigenen Leibes bedecken muß! (Gehen vorüber.)

MIRZA (vor dem Tor). Macht auf, macht auf!

WACHEN. Wer da?

MIRZA. Judith ist's. Judith mit dem Kopf des Holofernes.

WACHEN (rufen in die Stadt hinein, während sie öffnen). Halloh! Halloh! Judith ist wieder da!

Volk versammelt sich. Älteste und Priester kommen. Judith und Mirza treten ins Tor.

MIRZA (wirft den Kopf hin). Kennt ihr den?

VOLK. Wir kennen ihn nicht!

ACHIOR (tritt herzu und fällt auf die Knie). Groß bist du, Gott Israels, und es ist kein Gott, außer dir! (Er steht auf.) Das ist des Holofernes Haupt! (Er faßt die Hand der Judith.) Und dies ist die Hand, in die er gegeben ward? Weib, mir schwindelt, wenn ich dich ansehe!

DIE ÄLTESTEN. Judith hat ihr Volk befreit! ihr Name werde gepriesen!

VOLK (sammelt sich um Judith). Judith Heil!

JUDITH. Ja, ich habe den ersten und letzten Mann der Erde getötet, damit du (zu dem einen) in Frieden deine Schafe weiden, du (zu einem zweiten) deinen Kohl pflanzen und du (zu einem dritten) dein Handwerk treiben und Kinder, die dir gleichen, erzeugen kannst!

STIMMEN IM VOLK. Auf! Hinaus ins Lager! Jetzt sind sie ohne Herrn!

ACHIOR. Wartet noch! Noch wissen sie nicht, was in der Nacht

70

geschah! Wartet, bis sie uns selbst das Zeichen zum Angriff geben! Wenn ihr Geschrei erschallt, dann wollen wir unter sie fahren!

JUDITH. Ihr seid mir Dank schuldig, Dank, den ihr mir nicht durch die Erstlinge eurer Herden und eurer Gärten abtragen könnt! Mich trieb's die Tat zu tun; an euch ist's, sie zu rechtfertigen! Werdet heilig und rein, dann kann ich sie verantworten!

(Man hört ein wildes, verworrenes Geschrei.)

ACHIOR. Horcht, nun ist's Zeit!

EIN PRIESTER (deutet auf den Kopf). Steckt den auf einen Spieß und tragt ihn voran!

JUDITH (tritt vor den Kopf). Dies Haupt soll sogleich begraben werden!

WACHEN (rufen von der Mauer herunter). Die Wächter am Brunnen fliehen in wilder Unordnung. Einer der Hauptleute tritt ihnen in den Weg — sie zücken das Schwert gegen ihn. Einer der unsrigen kommt ihnen entgegengerannt. Es ist Ephraim. Sie sehen ihn gar nicht.

EPHRAIM (vorm Tor). Öffnet, öffnet!

(Das Tor wird geöffnet. Ephraim stürzt herein. Das Tor bleibt offen. Man sieht vorüberfliehende Assyrer.)

EPHRAIM. Spießen, auf dem Rost braten hätten sie mich können. All dem bin ich entgangen. Nun Holofernes kopflos ist, sind sie's alle. Kommt, kommt! Ein Narr, der sich noch fürchtet!

ACHIOR. Auf, auf!

(Sie stürmen aus dem Tor; man hört Stimmen rufen: im Namen Judiths!)

JUDITH (wendet sich mit Ekel). Das ist Schlächtermut!

(Priester und Älteste schließen um sie einen Kreis.)

EINER DER ÄLTESTEN. Du hast die Namen der Helden ausgelöscht und den deinigen an ihre Stelle gesetzt!

DER ERSTE PRIESTER. Du hast dich um Volk und Kirche hoch verdient gemacht. Nicht mehr auf die dunkle Vergangenheit, auf dich darf ich von jetzt an deuten, wenn ich zeigen will, wie groß der Herr, unser Gott ist!

PRIESTER UND ÄLTESTE. Fordre deinen Lohn!

JUDITH. Spottet ihr mein? (Zu den Ältesten.) Wenn's nicht heilige Pflicht war, wenn ich's lassen durfte, ist's dann nicht Hochmut und

Frevel? (Zu den Priestern.) Wenn das Opfer verröchelnd am Altar nieder-
stürzt, quält ihr's mit der Frage, welchen Preis es auf sein Blut und Leben,
setzt! (Nach einer Pause, wie von einem plötzlichen Gedanken erfaßt.) Und doch,
ich fordre meinen Lohn! Gelobt mir zuvor, daß ihr ihn nicht weigern
wollt!
ÄLTESTE UND PRIESTER. Wir geloben's! Im Namen von ganz Israel!
JUDITH. So sollt ihr mich töten, wenn ich's begehre!
ALLE (entsetzt). Dich töten?
JUDITH. Ja, und ich hab euer Wort.
ALLE (schaudernd). Du hast unser Wort!
MIRZA (ergreift Judith beim Arm und führt sie vorwärts, aus dem Kreis heraus).
Judith! Judith!
JUDITH. Ich will dem Holofernes keinen Sohn gebären! Bete zu
Gott, daß mein Schoß unfruchtbar sei. Vielleicht ist er mir gnädig!

ENDE.